COLLECTION FOLIO

Anton Tchékhov

Un royaume de femmes

suivi de

De l'amour

Traduction du russe d'Édouard Parayre
revue par Lily Denis

Gallimard

Ces nouvelles sont extraites du recueil
La Dame au petit chien et autres nouvelles
(Folio classique n° 3266).

Anton Pavlovitch Tchékhov est né à Taganrog le 17 janvier 1860. Étudiant en médecine à Moscou, il compose divers textes pour des revues humoristiques et écrit nouvelles et pièces, dont *Platonov*. Médecin en 1884, il publie la même année à compte d'auteur un premier recueil, qui sera rapidement suivi de plusieurs autres, et collabore, à partir de 1886, au journal *Temps nouveau*, tout en rédigeant *Ivanov*. Suivra l'écriture de *La Steppe*, œuvre très largement saluée par ses contemporains, ainsi que de pièces en un acte dont *Le Chant du cygne* et *Une demande en mariage*. À vingt-huit ans, lui est décerné, par un jury unanime, le prix Pouchkine pour *Dans le crépuscule*. Après un voyage à Sakhaline, et l'observation des conditions de vie de ses bagnards, expérience dont il témoignera dans *L'Île de Sakhaline* publié en 1893, puis différents séjours en Europe (en France, en Autriche, en Italie), il s'installe au sud de Moscou, à Mélikhovo, qui sera pour l'écrivain-médecin un lieu d'écriture et d'engagement notamment dans la lutte contre le choléra. En 1898, *La Mouette* est applaudi par le public moscovite ; Tchékhov emménage à Yalta, sans toutefois cesser de voyager. 1899 compte la publication de *La Dame au petit chien* ainsi que la création, au Théâtre d'Art de Moscou, d'*Oncle Vania* suivie de celles, à quelques années d'intervalle, des *Trois Sœurs* et de *La Cerisaie*. En 1901, il épouse l'une des interprètes de ses rôles féminins, la comédienne Olga Knipper. Atteint de tuberculose, il quitte la Russie pour l'Allemagne en 1904, rejoignant, souffrant, la station thermale de Badenweiler. Il s'y éteint le 2 juillet, à l'âge de quarante-quatre ans.

Lisez ou relisez les livres d'Anton Tchékhov en Folio :

LA MOUETTE – CE FOU DE PLATONOV – IVANOV – LES TROIS SŒURS (Folio classique n° 393)

LA CERISAIE – LE SAUVAGE – ONCLE VANIA *et neuf pièces en un acte* (Folio classique n° 521)

LE DUEL *et autres nouvelles* (Folio classique n° 1433)

LA DAME AU PETIT CHIEN / *ДАМА С СОБАЧКОЙ* – L'ÉVÊQUE / *АРХИЕРЕЙ* – LA FIANCÉE / *НЕВЕСТА* (Folio Bilingue n° 31)

LA DAME AU PETIT CHIEN *et autres nouvelles* (Folio classique n° 3266)

L'ÎLE DE SAKHALINE (Folio classique n° 3547)

LA STEPPE – SALLE 6 – L'ÉVÊQUE (Folio classique n° 3847)

UNE BANALE HISTOIRE (Folio 2 € n° 4105)

SALLE 6 / *ПАЛАТА № 6* (Folio Bilingue n° 137)

RÉCIT D'UN INCONNU *et autres nouvelles* (Folio classique n° 4692)

PLATONOV (Folio théâtre n° 163)

LES GROSEILLIERS *et autres nouvelles* (Folio 2 € n° 5999)

LES MÉFAITS DU TABAC *et autres pièces en un acte* (Folio 2 € n° 6241)

LA MOUETTE (Folio théâtre n° 174)

LA CERISAIE (Folio théâtre n° 181)

UN ROYAUME DE FEMMES

I
La veille

C'était une grosse lettre chargée expédiée par l'intendant de l'exploitation forestière. Il écrivait qu'il envoyait quinze cents roubles d'indemnité gagnée à un procès en deuxième instance. Anna Akimovna n'aimait pas et redoutait les mots « indemnité, gain de procès ». Elle savait qu'on ne peut se passer de la justice, mais chaque fois que Nazarytch, le directeur de l'usine, ou l'intendant de l'exploitation lui gagnaient un des nombreux procès qu'ils intentaient, elle éprouvait une sorte de peur et, pour ainsi dire, des scrupules. Et maintenant elle ressentait de la peur, de la gêne, et avait envie d'éloigner d'elle ces quinze cents roubles, pour ne pas les voir.

Elle songeait avec regret que les amies de son

âge — elle allait sur ses vingt-six ans — étaient présentement préoccupées par le soin de leur maison, fatiguées, qu'elles s'endormiraient à poings fermés et se réveilleraient le lendemain le cœur en fête ; nombre d'entre elles étaient depuis longtemps mariées et mères de famille. Elle seule était obligée de se pencher comme une vieille sur ces lettres, de les annoter, d'y répondre, puis de passer toute la soirée sans rien faire, à attendre d'avoir sommeil, et toute la journée du lendemain elle recevrait des gens venus lui présenter leurs compliments et quémander, et le surlendemain à l'usine il se produirait quelque esclandre : on assommerait un ouvrier ou l'un d'eux mourrait d'avoir trop bu, et sa conscience la torturerait ; après les fêtes, Nazarytch licencierait une vingtaine d'ouvriers pour absence injustifiée, ces vingt ouvriers s'attrouperaient tête nue devant sa porte, elle aurait honte de se montrer et on les chasserait comme des chiens. Et tous les gens qu'elle connaissait raconteraient dans son dos et lui écriraient dans des lettres anonymes qu'elle était une millionnaire, une exploiteuse, qu'elle dévorait la vie des autres et suçait le sang de ses ouvriers.

Voici dans un coin un tas de lettres déjà lues et mises de côté. Ce sont des lettres de quémandeurs. De gens qui ont faim, d'ivrognes, de chargés de famille, de malades, d'humiliés, de méconnus… Elle a déjà annoté chaque lettre :

trois roubles à l'un, cinq à l'autre ; ces lettres iront le jour même au bureau, demain aura lieu la distribution des secours, ou, comme disent les employés, le repas des fauves.

On répartira aussi quatre cent soixante-dix roubles, revenu d'un capital légué par feu Akim Ivanytch aux pauvres et aux infirmes. Il y aura une affreuse cohue. Du portail au bureau s'allongera, à la queue leu leu, une longue file d'inconnus, le visage bestial, en haillons, transis, affamés et déjà ivres, priant d'une voix éraillée pour leur mère et bienfaitrice Anna Akimovna et pour ses parents, ceux de derrière pousseront ceux de devant et ceux de devant les agoniront d'injures. Le comptable, excédé par le bruit, les jurons et les lamentations, bondira dehors et cognera sur un crâne à la joie générale. Et ses gens, ses ouvriers, qui n'auront rien touché pour la fête, sauf leur paie, déjà dépensée jusqu'au dernier kopek, se tiendront au milieu de la cour, regardant et ricanant, les uns par envie, les autres avec ironie.

« Les marchands et surtout les marchandes préfèrent les mendiants à leurs ouvriers, songea Anna Akimovna ; il en est toujours ainsi. »

Son regard tomba sur la lettre chargée. Il ferait bon distribuer demain aux ouvriers cet argent inutile, répugnant, mais on ne peut rien donner à titre gratuit aux ouvriers, sinon ils reviendront à la charge. Et que représentent ces quinze cents roubles quand l'usine emploie plus de dix-huit cents ouvriers, sans compter leurs femmes et leurs enfants ? Ou bien elle pourrait choisir un des quémandeurs qui ont écrit ces lettres, un malheureux qui a depuis longtemps perdu l'espoir d'un sort meilleur et les lui donner. Le pauvre diable en serait abasourdi comme par la foudre et, peut-être pour la première fois de sa vie, se sentirait-il heureux. Cette idée lui parut originale, amusante, et la divertit. Elle tira une lettre au hasard et la lut. Elle émanait d'un nommé Tchalikov, expéditionnaire aux écritures, depuis longtemps sans travail, malade, habitant la maison Gouchtchine ; sa femme était poitrinaire, il avait cinq fillettes en bas âge. Anna Akimovna connaissait bien la maison Gouchtchine où vivait Tchalikov, une maison à trois étages. Oh ! quelle maison laide, pourrie, malsaine !

« Je vais les donner à ce Tchalikov, décida-t-elle. Je ne vais pas les lui envoyer, il vaut mieux que je les lui porte moi-même, pour ne pas faire jaser. Oui, se disait-elle, tout en glissant les quinze cents roubles dans sa poche, je verrai, et peut-être que j'arriverai à caser les fillettes. »

Elle se sentit joyeuse, sonna et dit de faire atteler. Il était près de sept heures du soir quand elle prit place dans son traîneau. Les fenêtres de tous les bâtiments de l'usine étaient violemment éclairées, ce qui faisait paraître très sombre la cour immense. Près du portail et au loin, dans le fond de la cour, près des entrepôts et des baraquements des ouvriers, scintillaient des globes électriques.

Anna Akimovna n'aimait pas ces bâtiments sombres, maussades, ces entrepôts et ces baraquements où vivaient les ouvriers, et elle en avait peur. Depuis la mort de son père elle n'était allée qu'une fois dans le bâtiment principal. Les hauts plafonds à poutres métalliques, la multitude des roues énormes qui tournaient à toute vitesse, des courroies et des leviers, les sifflements perçants, le grincement de l'acier, le bruit métallique des wagonnets, les âpres bouffées de vapeur, les figures blêmes ou cramoisies, ou noires de poussière de charbon, les chemises trempées de sueur, les reflets de l'acier, du cuivre et du feu, l'odeur de graisse et de charbon, les courants d'air tantôt brûlants, tantôt glacés, lui laissaient l'impression d'avoir vu l'enfer. Il lui semblait que les roues, les leviers et les cylindres brûlants qui sifflaient cherchaient à rompre leurs attaches pour anéantir les hommes et que ceux-ci, l'air soucieux, incapables de s'entendre à cause du bruit, couraient et s'affairaient autour des machines, pour tenter d'arrêter leur effroyable branle. On lui avait fait une démonstration et donné respectueusement des explications. Elle se rappelait qu'à la forge, on avait retiré du four un lingot de fer incandescent et qu'un vieil employé, portant un cuir sur la tête, et un autre

— un jeune, en blouse bleue, avec une chaîne sur la poitrine, l'air hargneux, un contremaître sans doute — avaient martelé le lingot et fait jaillir des étincelles dorées de toutes parts, qu'un moment après, ils avaient fait résonner devant elle une énorme plaque de tôle ; le vieux se tenait au garde-à-vous et souriait, le jeune essuyait avec sa manche son visage trempé de sueur et lui donnait des explications. Elle se souvenait aussi que, dans un autre atelier, un vieil ouvrier borgne sciait un morceau de fer, que la limaille tombait à terre, et qu'un autre, un rouquin, protégé par des lunettes noires, la chemise percée de trous, travaillait à un tour, fraisant une pièce d'acier ; le tour hurlait, grinçait, sifflait, ce vacarme lui donnait la nausée et elle avait l'impression qu'on lui taraudait les oreilles. Elle avait regardé, écouté, n'avait rien compris, avait esquissé un sourire bienveillant et avait eu honte. Vivre et tirer des centaines de milliers de roubles d'un métier auquel on ne comprend rien et qu'on ne peut aimer, que c'est étrange !

Quant aux baraquements des ouvriers, elle ne les avait jamais visités. On disait qu'ils étaient le règne de l'humidité, des punaises, de la débauche, de l'anarchie. Chose étonnante, on dépensait chaque année des milliers de roubles pour l'amélioration des baraquements, mais la situation des ouvriers, à en croire les lettres anonymes, empirait d'année en année…

« Du temps de mon père il y avait plus d'ordre, songea Anna Akimovna en quittant la cour, parce qu'il avait été lui-même ouvrier et savait ce qu'il fallait faire. Moi, je ne sais rien et ne fais que des bêtises. »

Elle sentit à nouveau le poids de l'ennui, elle regrettait d'être sortie et la pensée de l'heureux mortel sur qui allaient tomber du ciel quinze cents roubles avait cessé de lui paraître originale et distrayante. Se rendre chez un quelconque Tchalikov, quand chez soi une affaire valant des millions s'écroule peu à peu, périclite, que des ouvriers vivent dans des baraquements, plus mal que des prisonniers, c'est agir sottement et duper sa conscience. Sur la route et de chaque côté, dans les champs, revenaient par groupes compacts, en direction des lumières de la ville, les ouvriers des usines voisines, une filature de coton et une usine à papier. Des rires et des conversations joyeuses résonnaient dans l'air glacé, Anna Akimovna regarda les femmes et les enfants, et soudain eut soif de goûter à leur simplicité, à leur grossièreté, à leur cohue. Elle revit avec netteté le temps lointain où elle n'était qu'Anioutka, où, petite fille, elle couchait sous la même couverture que sa mère, tandis que, dans l'autre pièce, leur locataire, une blanchisseuse, faisait la lessive. Dans les appartements voisins, séparés par de minces cloisons, on entendait des rires, des disputes, des pleurs d'enfants, les sons d'un accordéon, le ronflement des tours et des machines à coudre. Son père, Akim Ivanytch, qui connaissait presque tous les métiers, indifférent à l'exiguïté de la pièce et au vacarme, faisait une soudure près du poêle ou dessinait ou rabotait. Et elle eut envie de laver, de repasser, de courir à l'épicerie ou au café comme elle faisait chaque jour, du temps où elle vivait avec sa mère. Elle aurait dû être ouvrière et non patronne ! Sa grande demeure avec ses lustres et ses tableaux, Micha son valet de chambre, avec son habit et ses moustaches veloutées, la belle Varvara, la flagorneuse Agafia, ces jeunes gens des deux sexes qui venaient presque quotidiennement lui demander de l'argent et devant lesquels elle éprouvait à chaque fois un sentiment de culpabilité, ces fonctionnaires, ces docteurs et ces dames qui pratiquaient la bienfaisance à ses dépens, qui la flattaient et la méprisaient en secret parce qu'elle était d'extraction modeste, que tout cela l'écœurait et lui était étranger !

Elle arrivait au passage à niveau et à la barrière ; maisons et jardins alternaient ; puis ce fut enfin la grand-rue où se trouvait la fameuse maison Gouchtchine. La rue, tranquille à l'ordinaire, était aujourd'hui très animée, en raison de la fête du lendemain. Dans les cafés et brasseries on menait grand bruit. Si un citoyen de la ville, habitant non le quartier, mais le centre, était passé à ce moment, il n'aurait vu que des gens sales, ivres, proférant des jurons, mais Anna Akimovna, qui l'avait habité depuis l'enfance, retrouvait tour à tour dans la foule son défunt père, sa mère, son oncle. Son père était une âme amollie, inconsistante, un tantinet fantasque, insouciante et légère ; il n'avait la passion ni de l'argent, ni des honneurs, ni de l'autorité ; il disait que l'ouvrier n'a pas le temps de songer aux fêtes et d'aller à l'église ; et n'eût été sa femme, il n'aurait jamais jeûné ni fait maigre pendant le carême. Son oncle Ivan Ivanytch, au contraire, était un véritable silex, pour tout ce qui concernait la religion, la politique, les mœurs, il était dur et intraitable, surveillant non seulement sa propre conduite, mais celle de tous ses employés et de tous les gens qu'il connaissait. Dieu vous garde d'entrer chez lui sans vous signer ! Les somptueuses pièces où vivait maintenant Anna Akimovna restaient fermées, il ne les ouvrait qu'à l'occasion des grandes fêtes, en l'honneur d'hôtes importants, lui-même vivait au bureau, dans une petite chambre tapissée d'icônes. Il était porté vers la foi des Vieux-Croyants[1] et recevait continuellement des évêques et des popes de l'ancien rite, bien qu'il eût été baptisé, marié, et qu'il eût enterré sa femme à l'église orthodoxe. Il n'aimait pas son frère Akim, son unique

1. Conservateurs.

héritier, à cause de sa légèreté d'esprit — qu'il qualifiait de simplicité et de bêtise — et de son indifférence en matière de religion. Il ne lui faisait pas la part belle, le tenant au rang d'ouvrier, payé à raison de seize roubles par mois. Akim lui disait vous et le jour du pardon[1] lui et les siens venaient se prosterner devant son frère. Mais, trois ans avant sa mort, Ivan Ivanytch l'avait associé de plus près à ses affaires, lui avait pardonné et avait fait donner une gouvernante à Anioutka.

Le porche de la maison Gouchtchine était sombre, profond, malodorant ; on entendait des hommes graillonner près des murs. Laissant son traîneau dans la rue, Anna Akimovna entra dans la cour et demanda la porte de Tchalikov, le fonctionnaire, au 46. On lui indiqua la dernière porte à droite, au deuxième étage. Dans la cour, près de la dernière porte, et même dans l'escalier, cela sentait la même odeur écœurante que sous le porche. Dans son enfance, quand son père était simple ouvrier, elle avait vécu dans cette sorte de maisons, puis, quand les circonstances avaient changé, elle les avait souvent visitées en qualité de bienfaitrice ; l'étroit escalier de pierre et ses hautes marches, sale, avec un palier à chaque demi-étage ; la lanterne enfumée dans la cage de l'escalier ; les odeurs fétides, les

1. Le dimanche qui précède le Grand Carême, on demande pardon à qui l'on a offensé ou risqué d'offenser.

auges, les pots, les haillons sur les paliers, près des portes, tout cela, elle le connaissait depuis bien longtemps… Par une porte ouverte, on apercevait des tailleurs juifs assis sur leurs tables, la calotte sur la tête, en train de coudre. Dans l'escalier, elle rencontra des gens, mais il ne lui vint pas à l'idée qu'on pût l'insulter. Elle n'avait pas plus peur des ouvriers et des paysans, pris ou non de boisson, que des gens de la classe éclairée qu'elle fréquentait.

L'appartement n° 46 n'avait pas de vestibule, on entrait de plain-pied dans la cuisine. D'ordinaire, dans les logements d'ouvriers et d'artisans, cela sent le vernis, le goudron, le cuir, la fumée, selon le métier de l'occupant ; mais ceux des nobles et des fonctionnaires ruinés se reconnaissent à une sorte d'odeur aigre et rance. Cette odeur écœurante saisit Anna Akimovna à peine le seuil franchi. Dans un coin, tournant le dos à la porte, était assis à une table un homme en redingote noire, Tchalikov lui-même sans doute, entouré de cinq fillettes. L'aînée, une enfant au visage large, maigrelette, un peigne dans les cheveux, paraissait avoir quinze ans ; la plus jeune, potelée, avec des cheveux raides comme des poils de hérisson, n'en avait pas plus de trois. Tous les six mangeaient. Près du poêle, un tire-pot à la main, se tenait une petite femme au teint jaune, très maigre, en jupon et camisole blanche ; elle était enceinte.

« Je ne m'attendais pas à ce que tu sois si désobéissante, Lisa, dit l'homme d'un ton de reproche. C'est honteux ! Tu veux donc que papa te fouette, hein ? »

Apercevant sur le seuil une dame inconnue, la femme maigre tressaillit et posa le tire-pot.

« Vassili Nikitych ! » appela-t-elle après un temps, d'une voix sourde, comme si elle n'en croyait pas ses yeux.

L'homme se retourna et sauta sur ses pieds. C'était un être osseux, étroit d'épaules, aux tempes creuses et à la poitrine plate. Il avait de petits yeux enfoncés, avec des cernes noirs, le nez long, en bec d'oiseau, légèrement dévié sur le côté droit, la bouche large. Il portait la barbe à double pointe, pas de moustache, ce qui le faisait ressembler plus à un valet de pied qu'à un fonctionnaire.

« C'est ici qu'habite M. Tchalikov ? demanda Anna Akimovna.

— Oui, madame », répondit Tchalikov d'un ton sévère, mais aussitôt il reconnut la visiteuse et s'écria : « Anna Akimovna ! » Et soudain il suffoqua et joignit les mains comme sous le coup d'une peur affreuse. « Notre bienfaitrice ! »

Il s'élança vers elle avec un gémissement et, poussant des meuglements de paralytique — il avait du chou dans la barbe et empestait la vodka —, il se laissa tomber le front sur le manchon d'Anna et demeura figé.

« Votre main ! Votre sainte main ! proféra-t-il en haletant. Un rêve, un rêve magnifique ! Réveillez-moi, mes enfants ! »

Il se tourna vers la table et dit d'une voix sanglotante en agitant les poings :

« La Providence nous a entendus ! Notre libératrice, notre ange est venu ! Nous sommes sauvés ! Mes enfants, à genoux ! À genoux ! »

Mme Tchalikov et les enfants, sauf la plus petite, se dépêchèrent, sans savoir pourquoi, de desservir.

« Vous m'avez écrit que votre femme était très malade », dit Anna Akimovna, à la fois gênée et contrariée.

« Je ne lui donnerai pas les quinze cents roubles », pensa-t-elle.

« La voilà, répondit Tchalikov d'un filet de voix féminine, comme si les larmes lui eussent porté à la tête. La voilà la malheureuse ! Un pied dans la tombe ! Mais nous ne récriminons pas, madame. Mieux vaut la mort qu'une existence pareille ! Meurs, malheureuse ! »

« Qu'est-ce que c'est que ces contorsions ? pensa Anna Akimovna avec agacement. On voit tout de suite qu'il a l'habitude d'avoir affaire à des marchands. »

« Parlez-moi comme à tout le monde, je vous prie. Je n'aime pas la comédie.

— Oui, madame, cinq orphelins autour du cercueil de leur mère, sous les cierges funèbres, c'est une comédie ! Ah ! dit Tchalikov amèrement, et il se détourna.

— Tais-toi, lui souffla sa femme en le tirant par la manche. Le ménage n'est pas encore fait, madame, dit-elle à Anna Akimovna, excusez-nous… Un intérieur à tenir, vous savez ce que c'est. On est entassés, mais on s'entend bien. »

« Je ne leur donnerai pas les quinze cents roubles », pensa à nouveau Anna Akimovna.

Et pour se délivrer au plus vite de ces gens et de cette odeur d'aigre, elle sortit son porte-monnaie et décida de leur laisser vingt-cinq roubles, pas davantage, mais elle se fit soudain scrupule d'être venue de si loin et d'avoir dérangé les gens pour rien.

« Si vous me donnez du papier et de l'encre, je ferai un mot à un docteur de mes bons amis pour lui dire de venir vous voir, dit-elle en rougissant. C'est un excellent médecin. Et je vous laisserai de l'argent pour les remèdes. »

Mme Tchalikov se précipita pour essuyer la table.

« Ce n'est pas propre ici ! Tu n'y penses pas ! cracha Tchalikov en la regardant d'un air furieux. Mène madame chez le locataire ! Veuillez passer à côté, madame, s'il vous plaît, dit-il à Anna Akimovna. Là, c'est propre.

— Ossip Pimenov a défendu qu'on entre dans sa chambre », dit sévèrement l'une des fillettes.

Mais on avait déjà fait traverser à Anna Akimovna une pièce de communication, entre deux lits : on voyait bien à la façon dont ils étaient faits que sur l'un couchaient deux personnes en long et sur l'autre trois en travers. La pièce suivante, celle du locataire, était effectivement propre. Un lit net, avec une couverture de laine rouge, une taie d'oreiller blanche, même un porte-montre, une table recouverte d'une nappe de chanvre avec un encrier de couleur opaline, des plumes, du papier, des photographies dans des cadres, tout était bien convenable et sur une seconde table, de couleur noire, étaient rangés avec soin des outils d'horloger et des pendules démontées. Au mur étaient alignés des marteaux, des pinces coupantes, des forets, des ciseaux, des pinces plates, etc., et trois pendules qui tiquetaient ; l'une d'elles était énorme, avec de gros poids, comme on en voit dans les auberges.

Au moment de commencer sa lettre Anna Akimovna aperçut devant elle, sur la table, le portrait de son père et le sien. Cela la surprit.

« Qui est votre locataire ? demanda-t-elle.

— Pimenov, madame. Il travaille chez vous.

— Ah ? Je le croyais horloger.

— Il fait de l'horlogerie pour son propre compte, en dehors de ses heures de travail. C'est un amateur. »

Après un temps de silence uniquement meublé par le tic-tac des pendules et le crissement de la plume sur le papier, Tchalikov poussa un soupir et dit d'un ton ironique, indigné :

« On le dit bien : noblesse et rang social ne te mettront pas un manteau sur le dos. J'ai une cocarde de fonctionnaire sur le front et un titre, mais rien à manger. À mon avis une personne d'humble origine qui secourt les malheureux est bien plus noble qu'un Tchalikov qui a sombré dans la misère et le vice. »

Par flatterie à l'égard d'Anna Akimovna, il ajouta quelques phrases blessantes pour sa condition de noble, mais il était clair qu'il s'abaissait parce qu'il se sentait au-dessus d'elle. Entretemps elle avait achevé sa lettre et l'avait cachetée. Sa lettre serait jetée et l'argent ne passerait pas en remèdes, elle le savait, elle déposa cependant vingt-cinq roubles sur la table, et, après réflexion, y ajouta deux billets de dix roubles. La maigre main jaune de Mme Tchalikov, semblable à une patte de poule, passa devant ses yeux et serra l'argent dans son poing.

« Vous avez bien voulu donner cela pour les médicaments, dit Tchalikov d'une voix tremblante, mais tendez aussi une main secourable vers moi... et mes enfants, ajouta-t-il en reniflant... mes malheureux enfants ! Ce n'est pas pour moi que j'ai peur, c'est pour mes filles ! Je crains l'hydre de la débauche ! »

Tandis qu'elle essayait d'ouvrir son portemonnaie dont le fermoir ne fonctionnait pas,

Anna Akimovna se troubla et rougit. Elle avait honte de voir des gens debout devant elle, lui regardant les mains, attendant, tandis que, dans le fond de leur cœur, ils se moquaient probablement d'elle. À ce moment-là quelqu'un entra dans la cuisine et tapa des pieds pour faire tomber la neige.

« C'est notre locataire », dit Mme Tchalikov.

Le trouble d'Anna Akimovna s'accrut. Elle ne voulait pas que quelqu'un de l'usine la vît dans cette situation ridicule. Comme un fait exprès, le locataire entra juste au moment où, ayant enfin réussi à briser le fermoir, elle tendait quelques billets à Tchalikov qui meuglait comme un paralytique et cherchait où poser ses lèvres sur la main d'Anna Akimovna. Celle-ci reconnut dans le locataire le jeune ouvrier qui, naguère, à la forge, avait fait résonner devant elle sa plaque de tôle et lui avait donné des explications. Visiblement, il arrivait tout droit de l'usine : il avait le visage boucané par la fumée, et la joue, à hauteur du nez, maculée de suie. Ses mains étaient toutes noires et sa blouse flottante était lustrée de graisse. C'était un homme d'une trentaine d'années, de taille moyenne, brun, large d'épaules et, apparemment, très fort. Au premier coup d'œil Anna Akimovna reconnut en lui un contremaître touchant au moins trente-cinq roubles par mois, sévère, braillard, levant la main sur les ouvriers, cela se voyait à sa façon de se tenir, à l'attitude qu'il prit soudain involontairement en voyant une dame dans sa chambre et surtout à son pantalon qui tombait sur ses chaussures, à ses poches sur la poitrine et à sa barbe en pointe élégamment taillée. Feu son père, Akim Ivanytch, quoique frère du patron, craignait les contremaîtres dans le genre du locataire et recherchait leurs bonnes grâces.

« Excusez-nous de nous être installés chez vous en votre absence », dit Anna Akimovna.

L'ouvrier la regarda avec étonnement, sourit d'un air gêné et ne répondit mot.

« Parlez plus fort, madame… lui souffla Tchalikov. M. Pimenov, quand il rentre de l'usine, est un peu dur d'oreille. »

Mais Anna Akimovna, heureuse de n'avoir plus rien à faire ici, inclina la tête et sortit d'un pas rapide. Pimenov la raccompagna.

« Il y a longtemps que vous travaillez à l'usine ? demanda-t-elle à haute voix, sans se retourner.

— Depuis l'âge de neuf ans. J'y suis entré du temps de votre oncle.

— Cela fait vraiment longtemps ! Mon oncle et mon père connaissaient tous les employés et moi, je n'en connais presque aucun. Je vous avais déjà vu, mais je ne savais pas que vous vous appeliez Pimenov. »

Elle éprouvait le désir de se justifier devant lui, de feindre d'avoir donné l'argent rien que pour plaisanter.

« Ah, la pauvreté ! soupira-t-elle. Nous faisons de bonnes œuvres à longueur de semaine, dimanches et jours de fête compris, mais toujours sans résultat. Secourir des gens comme ce Tchalikov, cela me semble inutile.

— Bien sûr, c'est inutile, acquiesça Pimenov. Tout ce que vous lui donnerez, il le boira. Maintenant le mari et la femme vont passer la nuit à se dépouiller mutuellement et à se battre, ajouta-t-il en riant.

— Oui, il faut reconnaître que notre philanthropie est vaine, ennuyeuse et ridicule. Mais aussi, convenez-en, on ne peut rester les bras croisés, il faut faire quelque chose. Par exemple, que faire des Tchalikov ? »

Elle se retourna vers Pimenov et s'arrêta, attendant une réponse ; lui aussi s'arrêta et haussa lentement les épaules, sans mot dire. Il savait sans aucun doute ce qu'il y avait à faire, mais c'était si grossier et si inhumain qu'il ne se décidait pas à le dire. Et les Tchalikov étaient, à ses yeux, si dénués d'intérêt et si négligeables qu'un instant plus tard, il ne pensait plus à eux ; regardant Anna Akimovna dans les yeux, il souriait de plaisir et semblait faire un rêve magnifique. C'est à ce moment seulement qu'Anna Akimovna, qui se trouvait tout près de lui, remarqua à son visage, surtout à ses yeux, qu'il était très fatigué et avait sommeil.

« Si je lui donnais les quinze cents roubles à lui ! » songea-t-elle, mais cette idée lui parut absurde et blessante pour Pimenov.

« Vous devez avoir mal partout de fatigue, et vous me raccompagnez, dit-elle en descendant l'escalier. Rentrez chez vous. »

Mais il ne l'entendit pas. Quand ils furent dans la rue, il passa devant elle, alla dégrafer la couverture du traîneau et, tandis qu'il l'aidait à s'installer, il lui dit :

« Bonne fête ! »

II

Le matin

« Il y a un bon moment que les cloches ont sonné. Seigneur Dieu, vous n'arriverez même pas pour voir sortir le monde ! Levez-vous !

— Je vois deux chevaux qui courent, qui courent… » dit Anna Akimovna et elle se réveilla : elle aperçut devant elle, une bougie à la main, sa femme de chambre, Macha la rousse. « Quoi ? Qu'est-ce que tu veux ?

— La messe est déjà finie ! disait Macha au désespoir. C'est la troisième fois que je vous réveille. Moi, je ne vois pas d'inconvénient à ce que vous dormiez jusqu'au soir, mais c'est vous qui m'avez dit de vous réveiller ! »

Anna Akimovna se souleva sur un coude et regarda vers la fenêtre. Dehors il faisait encore noir, seul le bas du cadre de la fenêtre, couvert de neige, était blanc. On entendait les notes profondes et graves des cloches, mais ce n'étaient pas celles de la paroisse, elles venaient de plus loin. La pendule placée sur la table de nuit marquait six heures trois.

« Bien, Macha... Encore trois minutes... » dit Anna Akimovna d'une voix suppliante en s'enfonçant la tête sous sa couverture.

Elle se représenta la neige devant le perron, le traîneau, le ciel noir, la foule dans l'église et l'odeur de genièvre, trouva cela affreux, elle décida néanmoins de se lever immédiatement et d'aller à la première messe. Et tandis qu'elle se prélassait et luttait contre le sommeil qui, comme par un fait exprès, paraît merveilleusement doux quand il est défendu de dormir, qu'elle rêvait à un immense parc sur une colline, à la maison Gouchtchine, sans cesse la tourmentait l'idée qu'il fallait se lever tout de suite et aller à l'église.

Mais quand elle se leva, il faisait déjà complètement jour et la pendule marquait neuf heures et demie. Pendant la nuit il était tombé une épaisse couche de neige, les arbres étaient vêtus de blanc et l'air était extraordinairement lumineux, diaphane et doux ; aussi, lorsqu'elle regarda par la fenêtre, eut-elle avant tout envie de respirer à pleins poumons. Pendant qu'elle faisait sa toilette, le vestige d'une lointaine émotion d'enfant — la joie de fêter Noël — fit tressaillir soudain sa poitrine, et elle se sentit l'âme légère, libre et pure comme si elle l'avait, elle aussi, lavée ou plongée dans la neige blanche. Macha entra, endimanchée et sanglée dans son corset, et lui présenta ses vœux ; puis elle passa un long moment à coiffer sa maîtresse et l'aida à enfiler sa robe. L'odeur et le contact d'une robe neuve, très belle, somptueuse, son bruissement léger et les parfums qu'elle venait de se mettre stimulèrent Anna Akimovna.

« Voici Noël ! dit-elle gaiement à Macha. Nous allons interroger le sort.

— L'année passée le sort m'a dit que j'épouserais un vieux. Trois fois, j'ai eu la même réponse.

— Bah ! Dieu est miséricordieux !

— Et puis quoi, mademoiselle ? Moi je pense que ça ou autre chose, peu importe, mieux vaut encore un vieux, dit mélancoliquement Macha en poussant un soupir. J'ai vingt ans. Ce n'est pas une plaisanterie ! »

Tout le monde dans la maison savait que Macha la rousse était amoureuse de Micha, le valet de chambre, et que cet amour, profond, passionné, mais sans espoir, durait depuis trois ans.

« Allons, ne dis pas de bêtises, lui répondit Anna Akimovna en manière de consolation. Je vais avoir trente ans et je compte toujours épouser un jeune. »

Pendant que sa maîtresse s'habillait, Micha en habit neuf et escarpins vernis arpentait le grand et le petit salon, attendant que sa maîtresse parût pour lui présenter ses vœux. Il marchait toujours d'une façon particulière, posant le pied avec souplesse et douceur ; à considérer en outre ses pieds, ses mains et son port de tête, on pouvait penser qu'il ne faisait pas que marcher, mais étudiait la première figure d'un quadrille. Malgré ses moustaches fines et veloutées et sa belle prestance un peu canaille, il était pondéré, réfléchi et dévot comme un vieillard. Il priait toujours en se prosternant jusqu'à terre et aimait brûler de l'encens dans sa chambre. Il respectait les riches et les notables, leur témoignait de la vénération, quant aux pauvres et aux quémandeurs de toute sorte, il les méprisait de toute la force de son honnête âme de laquais. Sous sa chemise empesée il portait une flanelle, été comme hiver, car il prenait grand soin de sa santé ; il se mettait du coton dans les oreilles.

Quand Anna Akimovna traversa le grand salon, en compagnie de Macha, il inclina la tête profondément, un peu de biais, et dit de sa voix agréable, suave :

« J'ai l'honneur, madame, de vous exprimer mes vœux, à l'occasion de la très solennelle fête de la naissance du Christ. »

Anna Akimovna lui donna cinq roubles et la pauvre Macha resta interdite. La beauté de Micha, son élégance, son air endimanché, son attitude, sa voix, ses paroles l'avaient stupéfiée ; elle se retrouva sur les pas de sa maîtresse, ne pensant plus à rien, ne voyant rien, elle n'était que sourires, tantôt béats, tantôt amers.

Le premier étage était dit étage d'apparat ou noble et appartement de réception ; celui du bas, que gouvernait la tante Tatiana, était dénommé appartement commercial, appartement des vieux, ou simplement appartement des femmes. C'est au premier que l'on recevait d'ordinaire les gens bien nés et instruits, et au rez-de-chaussée les gens simples et les amis personnels de la tante. Belle, opulente, pleine de santé, encore jeune et fraîche, toute à la sensation d'avoir sur elle une robe somptueuse qui lui semblait jeter des feux de toutes parts, Anna Akimovna descendit au rez-de-chaussée. On l'y accueillit en lui reprochant d'avoir, elle, une personne instruite, oublié le Bon Dieu, d'avoir dormi pendant qu'on célébrait la messe, de ne pas être descendue rompre le jeûne et toutes, joignant les mains, lui disaient avec sincérité qu'elle était belle, extraordinaire et elle le croyait, riait, donnait des baisers et distribuait à qui un rouble, à qui trois, à qui cinq, selon la personne. Elle se plaisait en bas. Où que l'on regardât, partout des armoires à icônes, des icônes, des veilleuses, des portraits d'ecclésiastiques, une sorte de parfum monacal. À la cuisine les hachoirs battaient et déjà une odeur de gras, très savoureuse, envahissait l'appartement. Les parquets, peints en jaune, reluisaient, de la porte au devant des pièces couraient d'étroites moquettes à raies bleu roi, et la lumière du soleil entrait à flots par les fenêtres.

Il y avait dans la salle à manger quelques petites vieilles étrangères à la maison ; il y en avait aussi dans la chambre de Varvara et, avec elles, une jeune fille sourde-muette, à l'air perpétuellement honteux qui répétait sans cesse : « bly, bly… » Deux fillettes maigres, qui venaient de l'hospice pour les fêtes, s'approchèrent d'Anna Akimovna pour lui baiser la main et s'arrêtèrent devant elle, abasourdies par la splendeur de sa robe ; elle remarqua que l'une d'entre elles louchait, et, quoiqu'elle fût d'humeur légère, elle sentit son cœur se serrer à la pensée que les partis dédaigneraient cette fillette et qu'elle ne trouverait pas de mari. Dans la chambre de la cuisinière Agafia, assis autour du samovar, se trouvaient cinq énormes paysans en chemises neuves, ce n'étaient pas des ouvriers de l'usine, mais de la parenté de cuisine. À la vue d'Anna Akimovna, ils se levèrent précipitamment et, par politesse, s'arrêtèrent de mâcher, bien qu'ils eussent tous la bouche pleine ; puis le cuisinier Stéphane, en bonnet blanc, un couteau à la main, entra et lui souhaita bonne fête ; arrivèrent en bottes de feutre les concierges, qui lui souhaitèrent eux aussi bonne fête. Le porteur d'eau, la barbe semée de glaçons, risqua un coup d'œil, mais n'osa pas entrer.

Anna Akimovna parcourut l'appartement, suivie de toute sa maisonnée : sa tante Varvara, la Nikandrovna, Marfa la couturière et la Macha d'en bas ; Varvara, une personne maigre, mince, grande, la plus grande de la maison, tout de noir habillée, fleurant le cyprès et le café, se signait et s'inclinait jusqu'à la ceinture devant les icônes de chaque pièce, et, en la regardant, on se rappelait à chaque fois qu'elle avait déjà préparé son suaire et que la même malle renfermait aussi ses valeurs à lots.

« Anna, sois clémente puisque c'est fête, dit-elle en ouvrant la porte de la cuisine. Pardonne-lui, que Dieu soit avec lui ! Ah, ces gens ! »

Au beau milieu de la cuisine se tenait à genoux le cocher Pantéleï, congédié en novembre pour ivrognerie. C'était un brave homme, mais quand il avait bu, il cherchait querelle, ne pouvait dormir, parcourait sans trêve les bâtiments et criait d'un ton menaçant : « Je sais tout ! » On voyait maintenant, à ses lèvres pendantes, à sa figure bouffie, à ses yeux injectés de sang, qu'il n'avait pas arrêté de boire de novembre à Noël.

« Pardonnez-moi, Anna Akimovna ! dit-il d'une voix éraillée en heurtant le plancher du front et en montrant sa nuque de bœuf.

— C'est ma tante qui t'a renvoyé, c'est à elle qu'il faut demander pardon.

— Quoi ta tante ? » dit cette dernière en entrant dans la cuisine, la respiration forte ; elle était si obèse qu'on aurait fait tenir sur sa poitrine le samovar et le plateau avec les tasses. « Qu'est-ce que ta tante a encore à voir ? C'est toi la maîtresse ici, c'est toi qui commandes, mais pour moi, ces gredins-là, mieux vaudrait les rayer de la terre. Allez, debout, verrat ! cria-t-elle à bout de patience à Pantéleï, disparais de mes yeux ! C'est la dernière fois que je te pardonne, si tu commets une nouvelle faute, ne viens pas demander grâce ! »

Ensuite on alla prendre le café à la salle à manger. Mais à peine était-on à table que la Macha d'en bas entra en coup de vent, et proféra d'une voix effarée : « Les chantres ! » puis elle s'enfuit. On entendit des bruits de nez qu'on mouche, une toux grave, des pas qui donnaient à croire qu'on avait fait entrer des chevaux ferrés dans le vestibule. Pendant une demi-minute tout retomba dans le silence… Soudain les chantres entonnèrent une hymne d'une voix si vigoureuse que tout le monde tressaillit. Pendant qu'ils chantaient, arriva le prêtre de l'hospice accompagné du diacre et du chantre.

Tout en se revêtant de son étole, il raconta posément que, cette nuit, quand on avait sonné matines, il neigeait et ne faisait pas froid, mais que, sur le matin, il s'était mis à geler à pierre fendre, et que maintenant il devait faire moins vingt.

« Pourtant beaucoup de gens affirment que l'hiver est plus sain que l'été », dit le diacre, mais il reprit à l'instant un air sévère et entonna, à la suite du pope : « C'est ta naissance, Christ Notre-Seigneur… »

Bientôt arriva le prêtre de l'hôpital des ouvriers, accompagné d'un chantre, puis des infirmières de la Croix-Rouge, des enfants de l'hospice, et les chants retentirent presque sans discontinuer. On chantait, on mangeait et on s'en allait.

Des employés de l'usine, une vingtaine, vinrent aussi présenter leurs vœux. Il n'y avait là que des maîtres ouvriers : mécaniciens et leurs aides, modeleurs, comptable, etc., tous la mine parfaitement respectable ; ils portaient des redingotes noires toutes neuves. Tous étaient de beaux garçons, mieux faits les uns que les autres, chacun avait conscience de sa valeur, c'est-à-dire qu'il savait que si aujourd'hui il perdait sa place, demain on se ferait un plaisir de lui en offrir une dans une autre usine. Apparemment ils aimaient la tante d'Anna Akimovna car ils se permettaient des libertés devant elle, allant jusqu'à fumer, et le comptable enlaça sa large taille quand ils passèrent tous en chœur prendre un en-cas à la salle à manger. Ils étaient libres d'allure en partie du fait que, peut-être, Varvara, qui, du temps des vieux, avait eu une grande autorité et surveillait les mœurs des employés, n'avait plus aucune influence dans la maison et peut-être du fait que beaucoup d'entre eux se souvenaient du temps où la tante Tatiana, que ses frères tenaient sévèrement, était vêtue comme une paysanne, à la façon d'Agafia, et de celui où Anna Akimovna gambadait dans la cour entre les ateliers et où tout le monde l'appelait Anioutka.

Les employés mangeaient, bavardaient et jetaient sur Anna Akimovna des regards interdits : qu'elle avait grandi, qu'elle avait embelli ! Mais cette jeune fille élégante, élevée par des gouvernantes et des précepteurs, leur était étrangère, incompréhensible et, involontairement, ils se tenaient de préférence près de sa tante, qui les tutoyait, les invitait à tout instant à se servir et, en trinquant avec eux, avait déjà bu deux petits verres d'eau-de-vie de sorbe. Anna Akimovna craignait toujours qu'on ne pensât d'elle qu'elle était une orgueilleuse, une parvenue, une corneille parée de plumes de paon ; et maintenant que les employés étaient rassemblés autour du buffet, elle ne quittait pas la salle à manger et se mêlait à la conversation. Elle demanda à Pimenov, sa connaissance de la veille :

« Pourquoi y a-t-il tant de pendules dans votre chambre ?

— Je les répare, répondit-il. Je m'occupe d'horlogerie en dehors de mon travail, le dimanche, ou quand je n'ai pas sommeil.

— Alors, si ma montre se détraque, je peux vous la donner à réparer ? demanda Anna Akimovna en riant.

— Pourquoi pas ? Ce sera avec plaisir. »

Alors, sans savoir pourquoi, elle dégrafa sa petite montre de son corsage et la lui tendit ; il sembla tout attendri, l'examina sans mot dire et la lui rendit.

« Pourquoi pas ? Ce sera avec plaisir, répéta-t-il. Je ne répare plus les montres de poche, ma vue a baissé et le docteur m'a défendu les travaux délicats. Mais pour vous, je peux faire une exception.

— Les docteurs mentent, dit le comptable, et tout le monde de rire. Ne les crois pas ! continua-t-il, flatté par ce rire. L'année passée, pendant le carême, une dent d'engrenage a sauté et est allée taper en plein dans la tête du vieux Kalmykov, si bien qu'on voyait son cerveau. Le docteur a dit qu'il mourrait ; il est pourtant encore en vie et il travaille, seulement, depuis cette affaire, il bégaie.

— Ils mentent, ils mentent, mais pas tant que ça, soupira la tante. Le pauvre Andréïtch avait perdu la vue. Il faisait comme toi, il travaillait toute la sainte journée à l'usine, à la gueule d'un four incandescent, et il est devenu aveugle. Les yeux n'aiment pas la chaleur. Mais que faisons-nous là à bavarder ? dit-elle, se reprenant soudain. Allons boire. Bonne fête, mes amis. Je ne bois avec personne, mais avec vous, je ne dis pas non, je l'avoue. Dieu soit avec vous ! »

Anna Akimovna avait l'impression que Pimenov, après ce qui s'était passé la veille, la méprisait en tant que philanthrope mais subissait son charme en tant que femme. Elle le regardait et trouvait qu'il se tenait très gentiment et qu'il était habillé très convenablement. Les manches de sa redingote étaient un peu courtes, à vrai dire, la taille semblait trop haute, son pantalon passé de mode et trop étroit, mais son nœud de cravate était fait avec goût, avec un rien de négligé, et de couleur moins voyante que celui des autres. Apparemment c'était un homme de bonne composition car il mangeait docilement tout ce que la tante lui mettait dans son assiette. Anna Akimovna se rappela sa figure noire de la veille, son envie de dormir, et ce souvenir la toucha.

Quand les employés s'apprêtèrent à sortir,

elle lui tendit la main et voulut lui dire de passer un jour chez elle, sans cérémonie, mais elle n'osa pas : sa langue ne lui obéit pas ; et pour ne pas donner à penser que Pimenov lui avait plu, elle tendit aussi la main à ses compagnons.

Puis arrivèrent les élèves de l'école dont elle était curatrice. Tous étaient tondus et vêtus de blouses grises identiques. Leur maître, un grand jeune homme encore imberbe à la figure couverte de taches rouges, visiblement ému, les fit mettre en rangs ; les garçons entreprirent de chanter d'une voix juste, mais perçante, désagréable. Le directeur de l'usine, Nazarytch, un Vieux-Croyant chauve, au regard aigu, n'était jamais en bons termes avec les instituteurs, mais celui qui était en train de gesticuler là, d'un air affairé, il le méprisait et le détestait, sans savoir pourquoi. Il le traitait avec hauteur et rudesse, lui retenait ses appointements, se mêlait de son enseignement et, pour le faire partir définitivement, deux semaines avant les fêtes, il avait nommé comme concierge de l'école un parent éloigné de sa femme, un paysan ivrogne qui n'écoutait pas le maître et lui répondait insolemment devant les élèves.

Anna Akimovna savait tout cela, mais elle n'y pouvait rien, parce qu'elle craignait elle-même Nazarytch. Elle voulut au moins se montrer aimable avec le maître, lui dire qu'elle était très contente de lui, mais, une fois le chant terminé, il se mit en devoir de manifester une vive confusion et de s'excuser, la tante l'entraîna familièrement vers la table en le tutoyant et Anna Akimovna se sentit ennuyée, gênée, et, après avoir dit de distribuer des friandises aux enfants, remonta chez elle.

« Dans ce cérémonial de fête, il y a, au fond, beaucoup de cruauté, dit-elle peu après, comme pour elle-même, en regardant par la fenêtre les enfants qui se dirigeaient en groupe vers la grille et, grelottants, enfilaient leurs pelisses et leurs pardessus tout en marchant. Les jours de fête on a envie de se reposer, de rester chez soi avec ses parents, et les pauvres enfants, leur maître, les employés sont obligés de sortir en plein froid, d'aller me présenter leurs souhaits, d'exprimer leur respect, de prendre des airs empruntés... »

Micha, qui se tenait à la porte du salon et avait tout entendu, dit :

« Cela n'a pas commencé avec nous et ce n'est pas avec nous que cela finira. Bien sûr, je suis un homme sans instruction, mademoiselle, mais, à mon idée, les pauvres doivent toujours respecter les riches. On le dit bien : Dieu marque les coquins. Dans les bagnes, dans les asiles de nuit, dans les cafés, il n'y a que des pauvres, vous remarquerez que les gens comme il faut sont toujours riches. Et on dit bien des riches : l'argent appelle l'argent.

— Micha, vous vous exprimez toujours d'une façon ennuyeuse et incompréhensible », dit Anna Akimovna en gagnant l'autre bout du salon.

Il était à peine onze heures passées. Le silence des immenses pièces, troublé seulement de temps à autre par les chants venus du rez-de-chaussée, donnait envie de bâiller. Les bronzes, les albums, les tableaux suspendus aux murs qui représentaient une mer avec des bateaux, un pré avec des vaches, et des vues du Rhin, manquaient tellement de nouveauté que le regard glissait sur eux sans les remarquer. L'atmosphère de fête commençait à la lasser. Elle se trouvait comme précédemment belle, bonne, extraordinaire, mais il lui semblait que personne n'en avait cure ; il lui semblait même qu'elle avait mis cette belle robe sans savoir pour qui ni pour quoi. Et, comme à chaque fête, elle se sentait accablée par sa solitude et par l'idée obsédante que sa beauté, sa santé, sa richesse n'étaient qu'un faux-semblant, parce qu'elle était de trop en ce monde, qu'elle n'était nécessaire à personne, aimée de personne. Elle parcourut toutes les pièces en chantonnant et en regardant par les fenêtres. S'étant arrêtée dans le salon, elle ne put s'empêcher d'adresser la parole à Micha.

« Je ne sais ce que vous allez penser de vous-même, Micha ! dit-elle avec un soupir. Vraiment, Dieu vous punira.

— De quoi voulez-vous parler, mademoiselle ?

— Vous le savez bien. Excusez-moi de me mêler de vos affaires, mais je crois que, par entêtement, vous gâchez vous-même votre existence. Convenez que le moment ne saurait être mieux choisi de vous marier et c'est une fille très bien, pleine de mérite. Vous ne trouverez jamais mieux. Elle est belle, intelligente, douce, dévouée... Et quel air !... Si elle était de notre milieu ou de la haute société, on tomberait amoureux d'elle rien que pour ses merveilleux cheveux roux. Voyez comme ses cheveux vont à son teint. Oh, mon Dieu, vous n'y comprenez rien et vous ne savez pas vous-même ce qu'il vous faut, dit Anna Akimovna avec amertume, et les larmes lui vinrent aux yeux. La pauvre fille, comme je la plains ! Je sais, vous voulez une femme qui ait de l'argent, mais je vous l'ai déjà dit : je la doterai. »

Micha ne s'imaginait sa future femme que grande, grosse, imposante et dévote, avec une démarche de paonne et, immanquablement, un long châle sur les épaules, or Macha était maigre, mince, sanglée dans un corset, trottemenu, mais surtout elle était trop séduisante et, par moments, lui plaisait beaucoup, ce qui, à son avis, ne convenait pas au mariage mais uniquement en d'autres circonstances. Quand Anna Akimovna avait promis la dot, il avait hésité un temps, mais un jour, un étudiant pauvre, un pardessus marron sur son uniforme, venu chez

Anna Akimovna remettre une lettre, n'avait pu se retenir et, transporté d'admiration, avait embrassé Macha près du vestiaire ; elle avait poussé un petit cri ; Micha, du haut de l'escalier, avait vu la scène et depuis lors éprouvait du dégoût à son endroit. Un étudiant pauvre ! Qui sait, si elle avait été embrassée par un étudiant riche ou un officier, les conséquences eussent été tout autres...

« Pourquoi refusez-vous ? lui demanda Anna Akimovna. Que voulez-vous de plus ? »

Micha ne répondit pas ; immobile, les sourcils levés, il regardait le fauteuil.

« Vous en aimez une autre ? »

Pas de réponse. Macha la rousse entra, avec des lettres et des cartes de visite sur un plateau. Devinant que l'on parlait d'elle, elle rougit jusqu'aux larmes.

« Les facteurs sont venus, marmotta-t-elle, et il y a en bas un fonctionnaire nommé Tchalikov qui attend. Il dit que vous lui avez demandé de passer aujourd'hui.

— Quelle impudence ! dit Anna Akimovna avec colère. Je ne lui ai rien dit. Dites-lui de s'en aller, que je n'y suis pas ! »

La sonnette retentit. C'étaient les prêtres de la paroisse ; on les recevait toujours dans l'appartement de réception, c'est-à-dire en haut. Après eux arrivèrent en visite officielle le directeur de l'usine Nazarytch, et le médecin de l'usine, puis Micha annonça l'inspecteur des écoles publiques. La réception commença.

Quand Anna Akimovna trouvait un instant de liberté, elle s'asseyait au petit salon dans un profond fauteuil et, les yeux fermés, se disait que sa solitude était bien naturelle, puisqu'elle ne s'était pas mariée et ne se marierait jamais. Mais ce n'était pas sa faute. C'était le sort qui l'avait tirée de la simple condition ouvrière où, à en croire ses souvenirs, elle se trouvait bien à son aise, pour la jeter dans ces immenses pièces où elle n'avait jamais su que faire, et elle n'arrivait pas à comprendre pourquoi tant de gens défilaient devant elle ; ce qui se passait présentement lui semblait insignifiant, inutile, car cela ne lui donnait ni ne pouvait lui donner un instant de bonheur.

« Il faudrait tomber amoureuse, pensait-elle en s'étirant, et cette seule idée lui fit chaud au cœur. Et se débarrasser de l'usine... », rêvait-elle, voyant dans son imagination sa conscience délivrée du poids de ces lourdes bâtisses, de ces baraquements, de ces écoles... Puis elle se souvint de son père et pensa que, s'il avait vécu plus longtemps, il l'aurait certainement mariée à un homme du peuple, à Pimenov, par exemple. Il lui aurait ordonné de l'épouser, voilà tout. Et c'eût été bien : l'usine serait alors passée dans des mains dignes d'elle.

Elle se représenta sa tête bouclée, son profil

hardi, ses lèvres minces, moqueuses, sa force, la terrible force de ses épaules, de ses bras, de sa poitrine, l'air attendri avec lequel il avait examiné sa montre, ce même jour.

« Et alors ? dit-elle. Il n'y a pas à dire… Je l'aurais épousé.

— Anna Akimovna ! appela Micha entré au salon sans se faire entendre.

— Vous m'avez fait peur ! dit-elle, en tremblant de tous ses membres. Que voulez-vous ?

— Anna Akimovna ! répéta-t-il en portant la main à son cœur et en levant les sourcils. Vous êtes ma maîtresse et ma bienfaitrice, vous seule avez le droit de me faire la leçon sur le mariage, parce que vous êtes pour moi comme une mère… Mais dites qu'on ne se moque pas de moi et qu'on ne me taquine pas en bas. Ils m'assiègent.

— Et comment vous taquinent-ils ?

— Ils m'appellent le Micha de Macha.

— Oh ! quelle sottise ! dit Anna Akimovna, indignée. Que vous êtes tous bêtes ! Que vous êtes bête, Micha ! Que vous m'assommez ! Je ne veux plus vous voir ! »

III
Le dîner

Comme l'année précédente, le conseiller d'État actuel Kryline et le célèbre avocat Lyssevitch furent les derniers à se présenter. Quand ils arrivèrent le soir tombait déjà. Kryline, un vieil homme de plus de soixante ans, avec une grande bouche, des favoris gris serrés contre les oreilles et l'air d'un lynx, était en uniforme, portait le ruban de l'ordre de Sainte-Anne et un pantalon blanc. Il retint longuement la main d'Anna Akimovna dans les siennes, la regarda avec insistance dans les yeux, remua les lèvres et, finalement, dit, avec des pauses dans la voix, d'un ton monocorde :

« J'estimais votre oncle… et votre père, et je bénéficiais de leur bienveillance. Maintenant je considère comme un devoir agréable, vous le voyez, de venir présenter mes vœux à leur estimée héritière… malgré ma maladie et la distance considérable. Et je suis très heureux de vous voir en bonne santé. »

Lyssevitch, l'avocat, un grand et beau blond, les tempes et la barbe légèrement grisonnantes, se distinguait par une élégance exceptionnelle dans les manières. Il entrait en se dandinant, saluait comme à contrecœur, roulait des épaules en parlant, et tout cela avec une grâce indolente, comme un cheval trop longtemps inactif et gâté. Il était repu, éclatant de santé, riche ; il avait même gagné une fois un lot de quarante mille roubles, mais il l'avait caché à ses connaissances. Il aimait la bonne chère, en particulier les fromages, les truffes, le raifort râpé à l'huile de chènevis, et, à Paris, à son dire, il avait mangé des tripes à la poêle non lavées. Il avait un débit agréable, facile, continu, et c'est par pure coquetterie que, de temps à autre, il se permettait de marquer un temps d'arrêt et de faire claquer les doigts, comme s'il cherchait un mot. Il y avait longtemps qu'il ne croyait plus rien de tout ce qu'il disait devant le tribunal, ou, peut-être, y croyait-il, mais il n'y attachait aucune importance : tout cela était depuis longtemps connu, vieux, banal... Il ne croyait qu'à ce qui était original et insolite. La morale conventionnelle, présentée sous une forme inusitée, lui arrachait des larmes. Il avait deux carnets pleins d'expressions extraordinaires, relevées chez différents auteurs et, quand il avait besoin de l'une d'elles, il cherchait nerveusement dans ses deux carnets et, habituellement, ne la trouvait pas. Feu Akim Ivanytch, dans un moment de bonne humeur, l'avait choisi, par vanité, comme avocat de l'usine et avait fixé ses honoraires à douze mille roubles. Toutes les affaires de l'usine consistaient en deux ou trois recouvrements de peu de valeur que Lyssevitch confiait à ses secrétaires.

Anna Akimovna savait qu'il n'avait rien à faire à l'usine, mais elle ne pouvait le congédier : elle n'en avait pas le courage et elle s'était habituée à lui. Il s'intitulait son jurisconsulte et appelait ses émoluments — qu'il envoyait percevoir ponctuellement chaque premier du mois — l'austère prose de la vie. Anna Akimovna savait qu'il s'était mis dans les poches plus de quinze mille roubles, partagés avec Nazarytch, lorsque, après la mort de son père, il lui avait fait vendre une coupe forestière comme bois de traverses. En apprenant cette tromperie, elle avait amèrement pleuré. Plus tard, elle s'était résignée.

Après lui avoir souhaité bonne fête et baisé les deux mains, il la toisa du regard et se renfrogna.

« Il ne faut pas ! dit-il avec un chagrin sincère. Je vous l'ai dit, ma chère, il ne faut pas !

— De quoi parlez-vous, monsieur Lyssevitch ?

— Je vous l'ai dit : il ne faut pas grossir. Vous avez tous, dans votre famille, une regrettable prédisposition à l'embonpoint. Il ne faut pas, répéta-t-il d'une voix suppliante, et il lui baisa la main. Vous êtes si bonne ! Si exquise ! Excellence, dit-il en s'adressant à Kryline, je vous présente l'unique femme au monde que j'aie jamais sérieusement aimée.

— Ce n'est pas étonnant. À votre âge, connaître Anna Akimovna sans en être amoureux, c'est impossible.

— Je l'adore ! poursuivit l'avocat avec une sincérité totale, mais avec son indolence coutumière. Je l'aime, mais non parce que je suis un homme et elle, une femme ; quand je suis avec elle, il me semble qu'elle est d'un troisième sexe et moi d'un quatrième et que nous nous envolons dans la sphère des coloris les plus délicats et que nous nous y fondons dans le spectre. Leconte de Lisle définit mieux que quiconque ce genre de relations. Il y a chez lui, là-dessus, un passage excellent, admirable. »

Lyssevitch chercha dans un de ses carnets, puis dans l'autre, et, n'ayant pas trouvé la citation, se calma. On se mit à parler de la pluie et du beau temps, de l'Opéra, de l'arrivée prochaine de la Duse. Anna Akimovna se rappela que Lyssevitch et, autant qu'elle se souvenait, Kryline avaient dîné chez elle l'année dernière, et quand ils se disposèrent à partir, elle leur démontra d'un ton sincère et suppliant que, puisqu'ils n'iraient pas faire d'autre visite, ils devaient dîner ici. Après quelque hésitation, ils se laissèrent convaincre.

Outre le menu ordinaire, consistant en soupe aux choux, cochon de lait, oie aux pommes, etc., on préparait à l'occasion des grandes fêtes un repas appelé repas à la française ou repas du chef, pour le cas où un des visiteurs du premier étage désirerait manger. Lorsqu'on se mit à remuer la vaisselle dans la salle à manger, Lysevitch s'anima visiblement ; il se frottait les mains, roulait des épaules, clignait des yeux et racontait avec émotion quels repas on faisait du temps des vieux et quelle merveilleuse lotte en matelote préparait le cuisinier de la maison, ce n'était pas une matelote, mais une révélation. Il savourait le déjeuner à l'avance, le mangeait mentalement et s'en délectait. Lorsque Anna Akimovna l'eut pris par le bras pour le conduire à la salle à manger, qu'il eut enfin avalé un petit verre de vodka et dégusté une bouchée de saumon, il se mit à ronronner de plaisir. Il mâchait tout fort, d'une manière dégoûtante, émettait des bruits par le nez, et ses yeux devenaient langoureux et avides.

Les hors-d'œuvre étaient somptueux. Il y avait, entre autres, des champignons blancs frais à la crème, des huîtres et des queues d'écrevisse grillées avec une sauce provençale fortement relevée d'achards. Le repas proprement dit consistait en plats des grands jours, très recherchés, et les vins étaient exquis. Micha, chargé du service, était ivre de joie. Quand il posait un nouveau mets sur la table et enlevait le couvercle d'une casserole resplendissante ou quand il versait les vins, il le faisait avec l'importance d'un professeur de magie noire et, en voyant sa figure et sa démarche qui rappelait tant le quadrille, l'avocat songea plus d'une fois : « Quel imbécile ! »

Après le troisième service Lyssevitch disait à Anna Akimovna :

« Une femme fin de siècle — j'entends une femme jeune et riche, bien entendu — doit être indépendante, intelligente, élégante, cultivée, hardie et un peu dépravée. Dépravée avec mesure, un peu, parce que, convenez-en, la satiété est déjà lassitude. Vous devez ne pas laisser passer l'occasion, ma chère, et ne pas vivre comme tout le monde, mais savourer la vie ; et une légère débauche est le piment de la vie ; plongez-vous dans des fleurs au parfum stupéfiant, étouffez dans le musc, mangez du haschisch et surtout, aimez, aimez, aimez... À votre place, en premier lieu, je prendrais sept hommes, autant que de jours dans la semaine et je les appellerais, le premier Lundi, le second Mardi, le troisième Mercredi, etc., pour que chacun sût son jour. »

Cette conversation troublait Anna Akimovna. Elle ne mangea rien et se contenta de boire un petit verre de vin.

« Laissez-moi parler, à la fin ! dit-elle. Personnellement, je ne comprends pas l'amour sans la famille. Je suis seule, seule comme la lune dans le ciel, et encore à son déclin, et, quoi que vous disiez, je suis sûre, je sens que seul l'amour au sens ordinaire du mot peut remplir ce vide du déclin. Je crois que cet amour déterminera mes obligations, mon travail, éclairera ma conception du monde. Je demande à l'amour la paix de l'âme, le repos, je veux rejeter le musc, tout ce spiritisme et cette fin de siècle… bref, dit-elle embarrassée, je veux un mari et des enfants.

— Vous voulez vous marier ! Eh bien, c'est possible aussi, acquiesça Lyssevitch. Vous devez tout goûter : le mariage, la jalousie, la douceur de la première infidélité, et même la maternité… Mais hâtez-vous de vivre, hâtez-vous, ma chère, le temps passe, il n'attend pas.

— Eh bien, je vais me marier ! dit-elle, en regardant avec colère le visage florissant, satisfait, de l'avocat. Je me marierai de la façon la plus ordinaire, la plus banale, et je serai rayonnante de bonheur. Et, figurez-vous, je vais épouser un simple ouvrier, un mécanicien ou un dessinateur.

— Ce n'est pas mal non plus. La duchesse Josiane aime Gwynplaine[1], et cela lui est permis parce qu'elle est duchesse ; à vous aussi, tout vous est permis, parce que vous sortez de l'ordinaire. Si vous voulez aimer un nègre ou un Arabe, ma chère, ne vous gênez pas, faites venir un nègre. Ne vous refusez rien. Vous devez être aussi audacieuse que vos désirs. Ne vous laissez pas distancer par eux.

1. Personnages de *L'homme qui rit* de V. Hugo.

— Est-il si difficile de me comprendre ? demanda-t-elle avec étonnement, et des larmes brillèrent dans ses yeux. Comprenez donc, j'ai sur les bras une affaire énorme, deux mille ouvriers dont je dois répondre devant Dieu. Les gens qui travaillent pour moi deviennent aveugles et sourds. La vie m'épouvante, m'épouvante ! Je souffre, et vous avez la cruauté de me parler de nègres… et de sourire. » Elle donna un coup de poing sur la table. « Continuer à mener la vie que je mène, ou épouser un homme aussi oisif, aussi ignorant que moi, ce serait tout simplement un crime. Je ne peux plus vivre ainsi, dit-elle avec feu, je ne peux pas !

— Qu'elle est merveilleuse ! dit Lyssevitch, plein d'admiration. Mon Dieu, qu'elle est merveilleuse. Mais pourquoi vous fâchez-vous, ma chère ? Admettons que j'aie tort, croyez-vous que, si, au nom d'idées que, d'ailleurs, je respecte profondément, vous vivez dans l'ennui et vous refusez les joies de la vie, le sort des ouvriers en sera meilleur ? Pas le moins du monde ! Non, la débauche, la débauche ! dit-il d'un air résolu. Il vous faut, vous devez vous débaucher ! Creusez vos méninges là-dessus, ma chère, creusez vos méninges là-dessus ! »

Anna Akimovna était heureuse d'avoir dit ce qu'elle avait sur le cœur et avait retrouvé sa gaieté. Il lui plaisait d'avoir si bien parlé et d'avoir des pensées si honnêtes, si belles, et elle était convaincue que si Pimenov, par exemple, l'aimait, elle l'épouserait avec plaisir.

Micha servit le champagne.

« Vous me faites mettre en colère, monsieur Lyssevitch, dit-elle en trinquant avec l'avocat. Cela m'agace de vous voir donner des conseils alors que vous ne savez rien de la vie. D'après vous, un mécanicien ou un dessinateur sont infailliblement des rustres, et des malappris. Mais ce sont des gens très intelligents, des gens remarquables !

— Votre père et votre oncle… je les connaissais et les estimais, articula, en espaçant ses mots, Kryline qui, assis sur une chaise, raide comme une statue, n'arrêtait pas de manger… c'étaient des gens d'un esprit remarquable et… et de haute qualité morale.

— C'est bon ! nous les connaissons, ces qualités ! » marmotta l'avocat qui demanda la permission de fumer.

Quand le dîner fut terminé, on emmena Kryline faire la sieste, Lyssevitch acheva son cigare et, vacillant d'avoir trop mangé et trop bu, suivit Anna dans son cabinet. Il n'aimait pas les petits coins confortables avec photographies et éventails sur les murs et l'inévitable lanterne rouge ou bleue au milieu du plafond, il les tenait pour la marque d'un caractère veule, sans originalité ; en outre le souvenir de plusieurs aventures dont il avait honte maintenant était lié dans son esprit à de semblables lanternes. Le cabinet de son hôtesse avec ses murs nus et son mobilier dénué de goût lui plaisait énormément. Il lui était agréable d'être mollement et confortablement assis sur un divan turc et de regarder Anna Akimovna qui, d'ordinaire, s'installait sur le tapis, devant la cheminée, et, les genoux entre les bras, contemplait le feu et songeait ; à ces moments-là, il lui semblait voir jouer en elle son sang paysan, le sang des Vieux-Croyants.

Chaque fois, après le déjeuner, au moment du café et des liqueurs, Lyssevitch s'animait et lui racontait les nouvelles du monde littéraire. Il avait le verbe fleuri, l'air inspiré, se laissait emporter par son récit, elle l'écoutait et se disait régulièrement que, pour un plaisir pareil, on pouvait payer non pas douze mille roubles, mais trois fois plus et elle lui pardonnait tout ce qui lui déplaisait en lui. Parfois il lui racontait le sujet de nouvelles ou même de romans et alors deux ou trois heures passaient sans qu'elle s'en aperçût, aussi vite que des minutes. Cette fois il commença d'un air déliquescent, d'une voix affaiblie et les yeux fermés.

« Ma chère, je n'ai rien lu depuis longtemps, dit-il quand elle lui demanda de lui raconter quelque chose. Pourtant, je lis parfois Jules Verne.

— Et moi qui croyais que vous me raconteriez quelque chose de neuf.

— Hum… de neuf… marmotta-t-il d'une voix somnolente, et il se rencogna plus profondément dans un coin du divan. Rien de la nouvelle littérature ne nous convient, ni à vous ni à moi, ma chère. Bien sûr, elle doit être ce qu'elle est, et la renier, ce serait renier l'ordre naturel des choses, je la reconnais donc, mais… »

Lyssevitch semblait s'être endormi. Mais, au bout d'une minute, sa voix résonna de nouveau :

« Toute la nouvelle littérature, à la façon du vent d'automne dans la cheminée, geint et hurle : "Oh ! malheureux ! oh ! ta vie est comme une prison ! oh ! que cette prison est sombre et humide… oh ! tu mourras infailliblement, et il n'y a pas de salut !" C'est très bien, mais je préférerais une littérature qui enseigne le moyen de sortir de prison. Parmi tous les contemporains je lis, pourtant, parfois, Maupassant. » Il ouvrit les yeux. « C'est un bon, un excellent écrivain ! » Il remua sur le divan. « Un artiste admirable ! Un artiste formidable, monstrueux, surnaturel ! » Il se leva et, la main droite tendue au plafond : « Maupassant ! dit-il avec enthousiasme. Ma chère, lisez Maupassant ! Une seule de ses pages vous donnera plus que toutes les richesses de la terre ! À chaque ligne, c'est un nouvel horizon qui s'ouvre. Les mouvements du cœur les plus doux, les plus tendres, alternent avec des sentiments violents, tumultueux ; votre âme, comme sous une pression de quarante mille atmosphères, se transforme en une parcelle infime d'une substance d'une vague couleur rose, qui aurait, si on pouvait la mettre sur la langue, une saveur âpre, voluptueuse. Quelles folles trouvailles dans les transitions, les motifs, les mélodies ! Vous reposez sur le muguet et la rose et, tout à coup, une idée effrayante, magnifique, inéluctable, fond sur vous à l'improviste comme une locomotive, vous enveloppe d'un nuage de vapeur brûlante et vous assourdit de son sifflement. Lisez, lisez Maupassant ! Ma chère, je l'exige ! »

Lyssevitch leva les bras au ciel et se mit à aller et venir, en proie à une vive émotion.

« Non, c'est impossible ! dit-il avec désespoir. Sa dernière œuvre m'a épuisé, enivré ! Mais j'ai peur que vous y restiez indifférente. Pour qu'elle vous entraîne, il faut la déguster, exprimer lentement le suc de chaque ligne, le boire… Il faut le boire ! »

Après un long préambule où il y avait beaucoup de mots comme démoniaque, volupté, entrelacs de nerfs les plus ténus, simoun, cristal, etc., il se mit enfin à raconter le sujet du roman. Il racontait dans un style moins alambiqué, mais avec beaucoup de détails, citant par cœur des descriptions et des conversations entières ; les personnages du roman l'enchantaient et, pour les caractériser, il prenait des poses, changeait l'expression de son visage et les inflexions de sa voix comme un véritable acteur. Dans son ravissement il riait aux éclats, tantôt d'un timbre grave, tantôt d'une petite voix fluette, joignait les mains ou se serrait les tempes comme si elles allaient éclater. Anna Akimovna l'écoutait avec ravissement, bien qu'elle eût déjà lu ce roman, et la relation qu'en faisait l'avocat lui paraissait bien plus belle et plus complexe que le livre lui-même. Il attirait son attention sur toutes sortes de finesses, soulignait les expressions heureuses et les idées profondes, mais elle ne voyait que la vie, la vie, la vie et elle-même comme si elle eût effectivement été un personnage du roman ; son esprit s'exaltait et elle aussi, riant aux éclats et joignant les mains, pensait qu'on ne pouvait pas vivre ainsi, qu'il n'y avait aucun besoin de vivre mal, quand on pouvait vivre merveilleusement ; elle se rappelait ce qu'elle avait dit et pensé au déjeuner, en était fière, et quand soudain Pimenov se présentait à son imagination, elle se sentait gaie et voulait être aimée de lui.

Son récit terminé, Lyssevitch, épuisé, s'assit sur le divan.

« Vous êtes charmante ! Vous êtes bonne ! reprit-il peu après, d'une voix faible comme celle d'un malade. Je me sens heureux près de vous, ma chère, mais pourquoi ai-je quarante-deux ans, et non trente ? Vos goûts et les miens ne coïncident pas : vous devez vous débaucher et moi j'ai depuis longtemps dépassé cette phase-là, il me faut un amour délicat, immatériel, comme un rayon de soleil, c'est dire que, du point de vue d'une femme de votre âge, je ne suis plus bon à rien. »

À l'entendre, il aimait Tourguéniev, le chantre de l'amour virginal, de la pureté, de la jeunesse et de la mélancolique nature russe, mais il n'aimait l'amour virginal que de loin, par ouï-dire, comme quelque chose d'abstrait, existant hors de la vie réelle. Il essayait maintenant de se persuader qu'il aimait Anna Akimovna d'un amour platonique, idéal, bien qu'il ne sût pas ce que cela voulait dire. Mais il éprouvait du bien-être, du confort, de la chaleur, elle lui paraissait charmante, originale, et il pensait que le sentiment agréable que faisait naître en lui cette situation était précisément ce que l'on appelle l'amour platonique.

Il appuya sa joue contre le bras d'Anna Akimovna et dit du ton caressant dont on use avec les petits enfants :

« Ma chère, pourquoi m'avez-vous infligé cette amende ?

— Comment ça ? Quand ?

— Je n'ai pas reçu de gratification pour les fêtes. »

Jamais auparavant elle n'avait entendu dire que l'avocat reçût une gratification pour les fêtes et elle se trouva dans l'embarras : combien fallait-il lui donner ? Car il fallait lui donner quelque chose, il l'attendait, en dépit de ses regards pleins d'amour.

« Nazarytch a dû oublier, dit-elle. Mais il n'est pas trop tard pour y remédier. »

Soudain elle se rappela les quinze cents roubles de la veille qui se trouvaient maintenant dans la table à toilette de sa chambre. Elle apporta cet argent qui lui inspirait si peu de sympathie, le donna à l'avocat, il le fourra dans sa poche avec sa grâce indolente, et tout cela se passa gentiment et naturellement. Le rappel inopiné de la gratification escomptée et ces quinze cents roubles s'accordaient avec la personne de l'avocat.

« Merci », dit-il en lui baisant les doigts.

Kryline entra, l'air béat et bouffi de sommeil, mais sans ses décorations.

Lyssevitch et lui restèrent encore quelques instants, prirent une tasse de thé et se disposèrent à partir. Anna Akimovna était un peu gênée... Elle avait complètement oublié où travaillait Kryline, s'il fallait ou non lui donner une gratification et, dans l'affirmative, s'il fallait la lui remettre tout de suite ou la lui envoyer sous enveloppe.

« Où travaille-t-il ? souffla-t-elle à Lyssevitch.

— Le diable seul le sait... » marmotta l'avocat en bâillant.

Elle se dit que, si Kryline fréquentait chez son oncle et son père et leur vouait de l'estime, ce n'était pas pour rien : évidemment il devait faire de bonnes œuvres à leur compte, dans quelque établissement d'assistance. En lui disant au revoir elle lui glissa trois cents roubles dans la main ; il parut étonné et la regarda une minute, en silence, de ses yeux sans éclat, puis eut l'air de comprendre et dit :

« Mais la quittance, chère madame, vous ne pourrez la recevoir avant le nouvel an. »

Quand Micha lui enfila sa pelisse, Lyssevitch n'était plus dans son assiette du tout, il se sentait lourd et vacillait. En descendant il avait l'air complètement déliquescent et on voyait qu'il s'endormirait sitôt dans son traîneau.

« Excellence, dit-il à Kryline d'une voix alanguie, en s'arrêtant au milieu de l'escalier, n'avez-vous jamais éprouvé la sensation qu'une force inconnue vous étire, que vous vous étirez, vous étirez, et finissez par devenir un fil très mince ? Subjectivement cela se traduit par une sorte de volupté particulière qu'on ne peut comparer à rien. »

Anna Akimovna, du haut de l'escalier, les vit chacun glisser un billet à Micha.

« Ne m'oubliez pas ! Au revoir ! » leur cria-t-elle et elle courut dans sa chambre.

Elle se hâta de quitter sa robe, dont elle avait déjà assez, passa un peignoir et courut en bas. Et en descendant l'escalier, elle riait et tapait des pieds comme un gamin. Elle avait une envie folle de s'amuser.

IV
Le soir

La tante, vêtue d'une ample blouse de cotonnade, Varvara et deux petites vieilles dames, assises dans la salle à manger, étaient en train de souper. Il y avait devant elles un gros quartier de viande salée, un jambon et des hors-d'œuvre variés ; la fumée de la viande, très grasse et très appétissante, montait au plafond. Au rez-de-chaussée on ne buvait pas de vin, en revanche il y avait sur la table différentes sortes de vodka et de liqueurs. Agafia, la cuisinière, une personne replète, blanche, florissante, se tenait près de la porte, les bras croisés, et bavardait avec les vieilles femmes ; c'était la Macha d'en bas, une brunette avec un ruban rouge dans les cheveux, qui faisait le service. Les vieilles femmes avaient le ventre plein depuis le matin, une heure avant le souper elles avaient pris le thé en dévorant un gâteau léger et sucré, aussi mangeaient-elles maintenant par force, comme par devoir.

« Oh, Sainte Vierge ! s'exclama la tante quand Anna Akimovna surgit tout à coup dans la salle à manger et s'assit à côté d'elle. Tu m'as fait une peur mortelle. »

À la maison on aimait les jours où Anna Akimovna était de bonne humeur et faisait la folle ; cela rappelait chaque fois que les vieux étaient morts, que les vieilles n'avaient plus aucune autorité dans la maison et que chacun pouvait vivre à son gré sans craindre de se faire morigéner. Seules les deux vieilles femmes inconnues louchaient du côté d'Anna Akimovna d'un air perplexe : elle s'était mise à chanter, et c'est péché de chanter à table.

« Notre petite mère, notre beauté, aussi belle qu'un tableau ! se mit à débiter Agafia d'une voix suave. Notre diamant précieux !... Que de monde, que de monde est venu aujourd'hui voir notre fille de roi. Seigneur, que ta volonté soit faite ! Et des généraux, des officiers, des messieurs... J'ai regardé par la fenêtre, je les ai comptés, y en avait tant que j'y ai renoncé.

— Si tu veux m'en croire, ils auraient aussi bien fait de ne pas venir du tout, les gredins », dit la tante ; elle regarda sa nièce d'un air triste et ajouta : « Ils n'ont fait que faire perdre son temps à ma pauvre orpheline. »

Anna Akimovna avait faim parce qu'elle n'avait rien mangé depuis le matin. On lui emplit un petit verre d'une liqueur très forte qu'elle but en mangeant une tranche de viande salée à la moutarde et trouva à cela une saveur inaccoutumée. Puis la Macha d'en bas servit une dinde, des pommes marinées et des groseilles. Cela aussi lui plut. Il n'y avait qu'un désagrément : du poêle de faïence rayonnait une forte chaleur, on étouffait et tout le monde avait les joues en feu… Après le souper on enleva la nappe et on posa sur la table des assiettes de pains d'épice à la menthe, de noisettes et de raisins secs.

« Assieds-toi, toi aussi… ne te gêne pas ! » dit la tante à la cuisinière.

Agafia poussa un soupir et prit place à table ; Macha lui donna, à elle aussi, un petit verre de liqueur et Anna Akimovna eut la sensation que le cou blanc d'Agafia exhalait un souffle aussi chaud que celui du poêle. Toutes disaient qu'il était devenu difficile de se marier, qu'autrefois les hommes se laissaient tenter sinon par la beauté, du moins par l'argent, qu'à présent on se demandait ce qu'ils voulaient, qu'autrefois seules restaient vieilles filles les bossues et les bancales, tandis que maintenant on n'épousait même pas les filles jolies et riches. La tante expliqua d'abord cela par l'immoralité et le fait qu'on ne craignait plus le Bon Dieu, mais soudain il lui revint à la mémoire que son frère Ivan et Varvara, qui, tous deux, avaient mené une vie exemplaire et craint le Seigneur, avaient, l'un et l'autre en secret, donné le jour à des enfants qu'ils avaient envoyés aux Enfants trouvés ; elle se reprit et fit dévier la conversation, racontant qu'elle avait été autrefois fiancée à un employé de l'usine, qu'elle l'aimait beaucoup, mais que ses frères l'avaient obligée à épouser un veuf, peintre d'icônes, qui, Dieu merci, était mort deux ans après. La Macha d'en bas prit place, elle aussi, à la table et raconta avec un air de mystère que depuis une semaine, chaque matin, il venait dans la cour un inconnu à moustaches noires, vêtu d'un pardessus à col d'astrakan ; il entrait, examinait les fenêtres de la grande maison et allait plus loin, vers les bâtiments de l'usine ; c'était un homme pas mal du tout, portant beau…

Toutes ces conversations donnèrent soudain envie à Anna Akimovna de se marier, une envie violente, angoissante ; il lui semblait qu'elle aurait donné la moitié de sa vie et toute sa fortune pour savoir seulement qu'au-dessus il y avait un homme qui lui était plus cher que tout au monde, qu'il l'aimait profondément et se languissait d'elle ; et la pensée de cette proximité merveilleuse, ineffable, lui troublait le cœur. L'instinct de la santé et de la jeunesse lui murmurait des paroles séduisantes, lui soufflait mensongèrement que la vraie joie de la vie n'était pas venue, mais à venir, elle y ajoutait foi et, renversée sur le dossier de sa chaise (à ce moment-là ses cheveux se dénouèrent), elle se mit à rire ; en la regardant, les autres femmes se mirent à rire elles aussi. Et la salle à manger retentit un long moment de rires sans motif.

On annonça que la Cafarde venait passer la nuit. C'était une pèlerine nommée Pacha ou Spiridonovna, une petite femme maigre d'une cinquantaine d'années, vêtue d'une robe noire et couverte d'un fichu blanc, à l'œil perçant, au nez et au menton pointus ; elle avait des yeux rusés, trompeurs, et semblait, quand elle regardait les gens, les traverser du regard. Elle avait la bouche en cœur. Sa malignité et sa malveillance l'avaient fait surnommer, dans les maisons des marchands, la Cafarde.

En entrant dans la salle à manger, sans regarder personne, elle se dirigea vers les icônes, entonna d'une voix d'alto *Ta naissance*, puis *Christ vient au monde*, se retourna enfin et transperça toute l'assistance de son regard.

« Bonne fête ! dit-elle, et elle baisa Anna Akimovna à l'épaule. J'ai eu du mal à arriver jusqu'à vous, mes bienfaiteurs. » Elle baisa la tante à l'épaule. « Je suis partie dès le matin, mais, en chemin, je suis entrée chez de braves gens pour me reposer. "Reste, reste donc, Spiridonovna", et je n'ai pas vu le soir arriver. »

Elle faisait toujours maigre, aussi lui servit-on du caviar et du saumon. Elle mangea en regardant tout le monde en dessous et but trois petits verres d'eau-de-vie. Après s'être rassasiée, elle dit ses grâces et salua Anna Akimovna en s'inclinant jusqu'à terre.

Comme les années précédentes, on se mit à jouer aux rois, et tous les domestiques, autant qu'il y en avait au rez-de-chaussée et au premier, s'attroupèrent à la porte pour assister à la partie. Anna Akimovna crut voir Micha passer deux ou trois fois dans la foule des hommes et des femmes, un sourire indulgent aux lèvres. La première à être roi fut la Cafarde, et Anna Akimovna, comme soldat, lui paya tribut, puis ce fut au tour de la tante d'être roi, Anna Akimovna devint paysan ou « nounou », ce qui provoqua l'enthousiasme général, Agafia devint prince et en fut toute confondue de plaisir. Une autre partie s'était formée à l'autre bout de la table : les deux Macha, Varvara et Marfa la couturière, qu'on avait réveillée exprès pour la faire jouer et qui avait un air endormi, mauvais.

La conversation roulait sur les hommes, sur la difficulté qu'il y avait à trouver, de nos jours, un brave mari et sur la question de savoir si c'était la jeune fille ou la veuve qui avait le meilleur lot.

« Tu es une belle fille, en bonne santé, solide, dit la Cafarde à Anna Akimovna. Mais je ne peux pas comprendre pour qui tu te gardes, ma petite.

— Qu'y faire, si personne ne me prend ?

— Peut-être qu'elle a fait vœu de rester fille ? poursuivit la Cafarde comme si elle n'avait pas entendu. Bah, c'est une bonne chose, reste-le... Reste-le, répéta-t-elle en regardant ses cartes d'un œil attentif et méchant. Bon, reste-le... oui... Seulement dans les filles, ces saintes, il y a fille et fille, soupira-t-elle en jouant le roi. Ah, il y a fille et fille, ma petite ! Les unes se gardent effectivement comme des nonnes, et y a rien à dire, et si l'une vient par hasard à fauter elle s'inflige le martyre, la pauvre, et c'est péché de la blâmer. Mais il y en a d'autres qui portent des robes noires et cousent leur suaire et qui aiment en catimini des petits vieux fortunés. Oui, mes canaris. Une garce envoûte un vieux et le fait passer sous sa coupe, mes colombes, elle le domine, le fait tourner en bourrique et quand elle a amassé sa pelote d'argent et de billets à lots, elle l'envoûte à mort. »

En réponse à ces allusions, Varvara se contenta de soupirer et de regarder les icônes. Son visage prit une expression d'humilité chrétienne.

« J'en connais une comme ça, c'est mon ennemie acharnée, poursuivit la Cafarde, promenant à la ronde un regard de triomphe. Elle aussi, elle passe son temps à soupirer et à regarder les icônes, la diablesse. Du temps qu'elle faisait la loi, chez un certain vieux, on allait chez elle, elle vous donnait un morceau de pain et vous disait de la saluer jusqu'à terre pendant qu'elle récitait : “Toi qui es restée vierge dans la maternité...” Les jours de fête elle vous donnait un morceau de pain, la semaine, elle vous le reprochait. Mais maintenant, c'est mon tour de rire, et je vais rire tout mon soûl, mes précieuses ! »

Varvara regarda à nouveau les icônes et se signa.

« Non, personne ne me prend, Pacha, dit Anna Akimovna pour changer la conversation. Qu'y faire ?

— C'est ta faute, ma petite. Tu attends toujours un noble ou un homme instruit, tu ferais mieux d'épouser un marchand comme toi.

— Il ne nous faut pas de marchand ! dit la tante alarmée. Protège-nous, Reine des Cieux ! Un noble dépensera ton argent, mais te prendra en pitié, petite sotte. Un marchand t'imposera des règles si sévères que tu ne sauras où te mettre dans ta propre maison. Tu voudras être tendre avec lui et il détachera tes coupons, tu te mettras à table avec lui, il te reprochera le morceau de pain que tu manges… la bûche ! Épouse un noble. »

Elles parlaient toutes à la fois, s'interrompant bruyamment les unes les autres, la tante frappait sur la table avec le casse-noisettes et, rouge de colère, disait :

« Il ne nous faut pas de marchand ! Si tu en fais entrer un dans la maison, je m'en vais à l'hospice !

— Ch-chut ! » cria la Cafarde ; quand elles

eurent toutes fait silence, elle ferma un œil à demi et dit : « Sais-tu, Anna, ma petite hirondelle ? Te marier pour tout de bon, comme tout le monde, ce n'est pas ce qu'il te faut. Tu es riche, libre, tu es ta propre reine ; mais rester vieille fille, ma petite, comme qui dirait que ça ne te va pas. Je te trouverai un laissé-pour-compte, un homme un peu simplet, tu le prendras pour l'apparence et alors à toi le bon temps ! Tu lui fourreras cinq ou dix milles roubles dans la main et qu'il retourne d'où il est venu, et toi, tu seras la maîtresse chez toi, tu aimeras qui tu voudras, et personne ne pourra te blâmer. Et tu les aimeras alors, tes nobles et tes gens instruits. Ah ! ça ne sera pas une vie mais le paradis ! » La Cafarde claqua des doigts et siffla : « Prends du bon temps !

— C'est un péché ! dit la tante.

— Oh, un péché, dit la Cafarde avec un sourire entendu. Elle est instruite, elle comprend. Égorger un homme ou envoûter un vieux, c'est un péché, c'est exact, mais aimer un petit ami, ce n'est pas un péché du tout. Et qu'y a-t-il là de mal, vraiment ? Il n'y a pas de péché. Tout ça, c'est les dévotes qui l'ont inventé pour mystifier les gens simples. Moi aussi je répète partout : c'est un péché, sans savoir pourquoi c'en est un. » Elle vida un petit verre de liqueur et se racla la gorge. « Prends du bon temps ! dit-elle, s'adressant cette fois à elle-même sans doute.

Pendant trente ans, mes papillons, je n'ai fait que penser au péché et en avoir peur et maintenant je m'aperçois que j'ai bayé aux corneilles ! Oh, sotte que je suis, quelle sotte ! soupira-t-elle. La vie des femmes est courte, il faudrait faire cas de chaque jour. Tu es belle, Anna, très belle, et riche, mais quand trente ou quarante ans auront sonné, tu pourras mettre la croix sur ta vie. N'écoute personne, vis, amuse-toi jusqu'à la quarantaine, tu auras tout ton temps pour prier, il te restera assez de temps pour te prosterner le front contre terre et coudre ton suaire. Une chandelle à Dieu et l'autre au diable ! les deux ensemble ! Alors qu'en dis-tu ? Tu veux faire le bonheur d'un homme ?

— Oui, répondit Anna Akimovna en riant. Maintenant tout m'est égal, j'épouserais même un homme du peuple.

— Ce serait bien ! Ah ! quel beau garçon tu pourrais te trouver ! » Elle cligna les yeux et hocha la tête. « Ah !

— C'est ce que je lui dis, moi aussi ; un noble, tu n'en auras pas, alors marie-toi ; non à un marchand mais à quelqu'un de simple. Au moins, il y aurait un maître dans la maison. Et c'est pas les braves gens qui manquent, à commencer par les ouvriers de notre usine. Ils sont tous sobres, sérieux…

— Ah ça, oui ! acquiesça la Cafarde. C'est de braves gens. Si tu veux, la tante, je marie Anna à Vassili Lebedinski.

— Oh, il a de longues jambes, dit la tante d'un air sérieux. Il est très maigre. Il ne paie pas de mine. »

Des rires fusèrent de la foule assemblée près de la porte.

« Eh bien, à Pimenov. Tu veux épouser Pimenov ? demanda la Cafarde à Anna.

— Oui. Marie-moi à lui.

— Parole ?

— Marie-moi ! dit Anna Akimovna d'une voix résolue, en frappant du poing sur la table. Parole d'honneur, je l'épouse !

— Ta parole ? »

Anna Akimovna eut soudain honte de ses joues en feu, de sentir sur elle les regards de toute l'assistance, elle brouilla les cartes sur la table et s'enfuit ; et tandis qu'elle montait l'escalier quatre à quatre, qu'elle gagnait le petit salon du premier étage et se mettait au piano, du rez-de-chaussée montait une rumeur pareille à celle de la mer ; on devait parler d'elle et de Pimenov, et peut-être que, profitant de son absence, la Cafarde disait à Varvara des choses blessantes, sans ménager ses expressions.

Il n'y avait, dans tout le premier étage, qu'une lampe allumée dans le grand salon et sa faible clarté filtrait sous la porte dans le petit salon obscur. Il était un peu plus de neuf heures, pas davantage. Anna Akimovna joua une valse, puis une seconde, puis une troisième, sans s'arrêter.

Elle regardait le coin obscur derrière le piano, souriait, appelait quelqu'un en pensée et il lui vint une idée : si elle allait en ville chez quelqu'un, chez Lyssevitch par exemple et lui racontait ce qui se passait dans son cœur ? Elle avait envie de parler intarissablement, de rire, de dire des bêtises, mais le coin obscur derrière le piano observait un silence maussade et alentour tout l'appartement était silencieux, désert.

Elle aimait les romances sentimentales mais elle avait une voix rude, non travaillée, aussi se contentait-elle d'accompagner, chantant d'une voix à peine perceptible, un souffle. Elle fredonna romance sur romance, toutes sur l'amour, la séparation, les espérances déçues et elle s'imaginait en train de lui tendre les bras et de lui dire suppliante, les yeux baignés de larmes : « Pimenov, ôtez-moi ce fardeau ! » Et alors, comme si ses péchés lui étaient pardonnés, elle se sentirait l'âme légère, joyeuse, une vie libre et peut-être heureuse commencerait. Dans l'angoisse de l'attente, elle se pencha sur les touches, souhaita passionnément que sa vie changeât à l'instant même, sur l'heure, et pensa avec épouvante que sa vie ancienne pourrait se prolonger encore. Puis elle se remit à jouer et à chanter, et alentour tout restait silencieux. Au rez-de-chaussée la rumeur avait cessé : les gens avaient dû aller au lit. Dix heures avaient sonné depuis longtemps. La nuit s'annonçait longue, solitaire, ennuyeuse.

Elle déambula à travers tout l'appartement, s'étendit un moment sur un divan, lut dans son cabinet les lettres reçues le soir même. Il y en avait douze de vœux et trois anonymes. Dans l'une, un simple ouvrier, à l'écriture affreuse, à peine lisible, se plaignait qu'on leur vendît à la cantine de l'usine une huile rance qui sentait le pétrole ; dans la deuxième on lui révélait respectueusement qu'à la conclusion d'un récent achat de fer Nazarytch avait reçu un pot-de-vin de mille roubles ; dans la troisième on l'injuriait pour son inhumanité.

Son humeur de fête tombait ; pour la maintenir, elle se remit au piano et joua en sourdine une valse nouvelle, puis elle se rappela combien, au dîner, ses pensées et ses propos avaient été intelligents et honnêtes. Elle regarda à la ronde les fenêtres obscures, les murs ornés de tableaux, la faible lueur qui venait du grand salon et, soudain, fondit en larmes, pleine du regret d'être si seule, de n'avoir personne à qui parler, à qui demander conseil. Pour se redonner du courage, elle essaya de rêver à Pimenov, mais sans succès.

Minuit sonna. Micha entra, non plus en habit, mais en veston ; sans mot dire, il alluma deux bougies, puis il se retira et revint une minute après, portant un plateau sur lequel il y avait une tasse de thé.

« Pourquoi riez-vous ? lui demanda Anna Akimovna, remarquant un sourire sur son visage.

— J'étais en bas et je vous ai entendue plaisanter au sujet de Pimenov… dit-il, couvrant de sa main sa bouche distendue par le rire. Si on l'avait mis à table tout à l'heure, à côté de Victor Nicolaïevitch et du général, il serait mort de peur. » Un rire secoua les épaules de Micha. « Je parie qu'il ne sait même pas tenir une fourchette. »

Le rire du valet de chambre, ses propos, son veston et ses moustaches produisirent sur Anna Akimovna une impression de malpropreté. Elle ferma les yeux pour ne pas le voir et, malgré elle, se représenta Pimenov déjeunant en compagnie de Lyssevitch et de Kryline ; sa silhouette modeste, mal léchée, lui parut pitoyable, désespérante, et elle éprouva une impression de dégoût. Alors seulement, pour la première fois de la journée, elle comprit clairement que tout ce qu'elle avait pensé et dit de Pimenov et du mariage avec un simple ouvrier était une stupidité, une ineptie, un caprice. Pour se convaincre du contraire et surmonter son dégoût, elle voulut se rappeler les paroles qu'elle avait prononcées au déjeuner, mais ne put y arriver ; la honte de ce qu'elle avait pensé et fait, la peur d'avoir peut-être trop parlé ce jour même, l'aversion que lui causait sa pusillanimité la plongèrent dans un trouble extrême. Elle prit une bougie et, d'un pas précipité comme si elle était poursuivie, descendit, réveilla la Cafarde et se mit en devoir de l'assurer qu'elle avait voulu plaisanter. Puis elle gagna sa chambre à coucher. Macha la rousse, qui somnolait dans un fauteuil près du lit, sauta sur ses pieds et se mit à arranger les oreillers. Elle avait la figure lasse, bouffie de sommeil, et sa magnifique chevelure avait glissé de côté.

« Le fonctionnaire Tchalikov est revenu ce soir, dit-elle en bâillant, mais je n'ai pas osé l'annoncer. Il était trop ivre. Il a dit qu'il reviendrait demain matin.

— Que me veut-il ? dit Anna Akimovna, irritée, en jetant son peigne par terre. Je ne veux pas le voir ! Je ne veux pas ! »

Elle conclut qu'elle n'avait plus personne au monde que ce Tchalikov, qu'il ne cesserait de la poursuivre et de lui rappeler chaque jour que sa vie était sans intérêt, stupide. Voyons, elle n'était bonne qu'à secourir les pauvres ! Oh, que c'était bête !

Elle se coucha sans se déshabiller, sanglota de honte et de peine. Ce qui lui semblait le plus vexant et le plus bête, c'était que ses rêves à propos de Pimenov étaient honnêtes, élevés, nobles, mais qu'elle avait en même temps le sentiment que Lyssevitch et même Kryline étaient plus près d'elle que Pimenov et tous les ouvriers réunis. Elle pensait que, si l'on avait pu peindre un tableau représentant la longue journée qu'elle venait de vivre, tout le laid et le trivial, par exemple le repas, les propos de l'avocat, la partie de cartes, aurait paru vrai, et les rêves et les conversations concernant Pimenov auraient tranché sur l'ensemble comme quelque chose de faux, de surajouté. Et elle pensait aussi qu'il était trop tard pour songer au bonheur, que tout était désormais perdu et qu'il était impossible de revenir au temps où elle dormait sous la même couverture que sa mère ou d'imaginer une existence nouvelle, personnelle.

Macha la rousse, à genoux devant le lit, la regardait tristement, sans comprendre, puis elle fondit aussi en larmes et appuya son visage contre le bras de sa maîtresse ; et, même sans qu'elle le dît, on comprenait pourquoi elle éprouvait tant d'amertume.

« Nous sommes des sottes, dit Anna Akimovna pleurant et riant à la fois. Des sottes ! Ah ! que nous sommes sottes ! »

DE L'AMOUR

Le lendemain, on servit à déjeuner d'excellents *pirojki*, des écrevisses et des croquettes de mouton ; au cours du repas, Nicanor, le cuisinier, monta demander ce que les invités désiraient pour le dîner. C'était un homme de taille moyenne, avec de petits yeux et un visage rasé, bouffi, l'on aurait même dit que ses moustaches étaient épilées.

Aliokhine raconta que la belle Pélaguéïa en était amoureuse. Comme il était buveur et violent, elle ne voulait pas se marier, mais acceptait de vivre avec lui. Seulement il était très pieux et ses convictions religieuses ne lui permettaient pas de s'arranger ainsi ; il exigeait qu'elle l'épousât, sinon il refusait, et quand il était ivre, il la querellait et même la battait. Lorsqu'il avait bu, elle allait se cacher au grenier où elle pleurait à chaudes larmes, et alors ni Aliokhine ni les domestiques ne s'absentaient, afin de pouvoir la défendre en cas de besoin.

On se mit à parler de l'amour.

« Comment naît l'amour, dit Aliokhine, pourquoi Pélaguéïa n'est-elle pas tombée amoureuse d'un homme mieux assorti à ses qualités morales et à son apparence, mais justement de Nicanor, cette gueule d'empeigne, comme tout le monde l'appelle ici — dans la mesure même où, en amour, ce qui importe, c'est le bonheur personnel —, nous sommes devant l'inconnu et on peut l'interpréter comme on voudra. Jusqu'à présent on n'a dit de l'amour qu'une seule vérité indiscutable à savoir que “c'est un grand mystère”, tout ce que l'on a écrit ou dit de plus n'est pas la solution mais seulement l'énoncé de problèmes qui ne sont toujours pas résolus. L'explication qui semblerait convenir dans un cas ne vaut rien dans dix autres, et le mieux, à mon sens, c'est d'expliquer chaque cas à part, sans chercher à généraliser. Il faut, comme disent les docteurs, individualiser chaque cas particulier.

— Parfaitement exact, acquiesça Bourkine.

— Nous, les Russes de bonne éducation, nous avons la passion des questions irrésolues. Habituellement on poétise l'amour, on l'orne de roses, de rossignols, nous les Russes, nous l'ornons de ces questions fatales, et encore choisissons-nous les moins intéressantes. À Moscou, quand j'étais encore étudiant, j'avais une amie, une chère créature qui, lorsque je la prenais dans mes bras, songeait à ce que je pourrais bien lui donner pour le mois et au prix de la livre de bœuf. De même, quand nous aimons, nous ne cessons de nous poser des questions : est-ce ou non honnête, intelligent ou bête, à quoi mènera cet amour et ainsi de suite. Est-ce bien ou mal, cela je l'ignore, mais que cela vous complique la vie, vous laisse insatisfait, irrité, cela je le sais. »

On aurait dit qu'il voulait raconter quelque chose. Les gens qui vivent solitaires ont toujours sur le cœur quelque chose qu'ils raconteraient volontiers. En ville les célibataires vont au bain de vapeur ou au restaurant uniquement pour parler et parfois ils racontent aux garçons de bains ou de restaurant des histoires très intéressantes ; à la campagne ils épanchent d'ordinaire leur âme en présence de leurs hôtes. Maintenant on apercevait par la fenêtre le ciel gris et les arbres trempés de pluie ; par un temps pareil il ne pouvait être question d'aller nulle part et il ne leur restait rien d'autre à faire que de raconter des histoires et en écouter.

« J'habite Sophino et l'exploite depuis longtemps, commença Aliokhine, depuis ma sortie de la Faculté. Par éducation, j'ai les mains blanches, par inclination je suis un homme d'étude, mais, à mon arrivée ici, ma terre était grevée de lourdes hypothèques et comme mon père s'était en partie endetté parce qu'il avait beaucoup dépensé pour mon instruction, je décidai de ne pas m'en aller et de travailler jusqu'à ce que j'aie payé cette dette. Une fois cette décision prise, je me mis au travail, non sans une certaine répugnance, laissez-moi vous l'avouer. La terre rapporte peu ici, et pour que la culture ne soit pas déficitaire, il faut utiliser le travail de serfs ou de journaliers, ce qui est presque la même chose, ou bien mener son exploitation à la manière des paysans, c'est-à-dire travailler la terre soi-même, avec toute sa famille. Il n'y a pas de milieu. Mais dans ce temps-là, je n'entrai pas dans ces finesses. Je ne laissai pas une parcelle de terre en friche, je battis le rappel de tous les hommes et toutes les femmes des villages voisins, et j'abattis une besogne folle ; je labourais, semais, fauchais moi-même et pourtant je m'ennuyais et faisais la grimace, comme un chat de village que la faim pousse à aller manger des concombres dans un potager ; j'avais les membres fourbus et je dormais debout. Les premiers temps j'avais cru pouvoir concilier facilement cette vie de labeur avec mes habitudes d'homme cultivé ; il suffit pour cela, pensais-je, de m'en tenir à un certain ordre extérieur. Je m'installai en haut, dans les pièces d'apparat, et j'établis qu'après le petit déjeuner et le déjeuner on m'y servirait le café et les liqueurs et qu'en me couchant je lirais *Le Messager de l'Europe.* Mais je reçus un jour la visite du père Ivan qui, d'un seul coup, vida toutes mes bouteilles de liqueur ; quant au *Messager de l'Europe* il s'en fut, lui aussi, chez les filles du pope parce qu'en été, surtout au moment des moissons, je n'avais même pas le temps d'aller jusqu'à mon lit et que je m'endormais dans la grange, sur un traîneau ou dans la bicoque du garde forestier — il était bien question de lire ! Peu à peu je me transportai en bas, pris mes repas à la cuisine, avec les domestiques, et du luxe d'autrefois il ne me resta que cette domesticité qui avait servi mon père et qu'il m'eût été pénible de congédier.

« Dès les premières années je fus nommé juge de paix honoraire. J'avais donc, de temps à autre, l'occasion d'aller en ville et de prendre part aux sessions de l'assemblée des juges et du tribunal d'arrondissement, et cela me distrayait. Lorsqu'on est resté ici deux ou trois mois sans bouger, surtout en hiver, on finit par avoir la nostalgie d'une redingote noire. Or au tribunal il y avait des redingotes, des uniformes et des habits, je n'avais affaire qu'à des juristes et à des gens cultivés, et je trouvais de bons interlocuteurs. Quand on a dormi dans des traîneaux et mangé à la cuisine avec les domestiques, siéger vêtu de linge propre et chaussé de souliers fins, la chaîne sur la poitrine, dans un fauteuil, est un luxe inouï !

« En ville on m'accueillait cordialement et je

liais volontiers connaissance. De toutes mes relations, la plus solide et, à vrai dire, la plus agréable fut celle du vice-président du tribunal, Louganovitch. Vous le connaissez tous deux : c'est un homme charmant. C'était justement après la fameuse affaire des incendiaires ; les débats avaient duré deux jours, nous étions fatigués. Louganovitch me regarda et me dit :

« "Venez donc déjeuner à la maison."

« C'était inattendu car je le connaissais peu, seulement sur le terrain officiel, et je n'étais jamais allé chez lui. Je ne fis que passer dans ma chambre d'hôtel pour me changer et me rendis au déjeuner. Et là j'eus l'occasion de faire la connaissance de la femme de Louganovitch, Anna. Elle était encore très jeune, vingt-deux ans au plus, elle avait eu son premier enfant six mois plus tôt. C'est une histoire ancienne et j'aurais du mal aujourd'hui à définir ce qu'elle avait à proprement parler de si extraordinaire, ce qui me plut tant chez elle ; mais au cours de ce dîner, tout me semblait d'une clarté indiscutable ; je voyais une femme jeune, très belle, bonne, intelligente, séduisante, une femme comme je n'en avais jamais rencontré ; et au premier coup d'œil, je crus voir en elle un être qui m'était très proche, que j'avais déjà connu, c'était comme si j'avais déjà vu ce visage, ces yeux aimables et pleins d'esprit dans l'album posé sur la commode de ma mère, dans mon enfance.

« Dans l'affaire des incendiaires, on avait inculpé quatre juifs, on avait admis l'existence d'une bande, à mon avis sans aucun fondement. Cela me tourmentait, et durant le repas, je laissai paraître mon émotion ; je ne me souviens plus de ce que je dis, mais Mme Louganovitch hochait la tête à chaque instant et disait à son mari :

« "Dimitri, comment cela se fait-il ?"

« Louganovitch était une bonne pâte, une de ces âmes simples qui s'en tiennent énergiquement à l'idée que du moment qu'un homme est inculpé, c'est qu'il est coupable et qu'on ne peut élever de doutes sur l'équité de la sentence autrement que par voie de procédure et par écrit, mais en aucun cas au cours d'un repas et dans une conversation privée.

« "Vous et moi, nous n'avons jamais allumé d'incendie, disait-il doucement, aussi ne nous juge-t-on pas, ne nous met-on pas en prison."

« Ils rivalisaient tous deux d'efforts pour me convier à manger et boire davantage ; de certains détails, du fait, par exemple, qu'ils se mettaient à deux pour préparer le café, qu'ils se comprenaient à demi-mot, je pouvais conclure qu'ils menaient une vie paisible, heureuse et qu'ils se réjouissaient d'avoir un invité. Après dîner, ils jouèrent du piano à quatre mains, puis le soir tomba et je rentrai chez moi. On était alors au début du printemps. Puis, je passai tout l'été à Sophino sans en sortir, je n'avais même pas le temps de penser à la ville, mais le souvenir de la femme blonde et svelte que j'y avais rencontrée ne me quitta pas un seul jour ; ce n'est pas que je pensais à elle, mais son ombre légère demeurait comme posée sur mon âme.

« À la fin de l'automne, on donna en ville un spectacle de bienfaisance : j'entre dans la loge du gouverneur (on m'y avait invité à l'entracte), et que vois-je ? Anna Louganovitch assise à côté de la femme du gouverneur ; et à nouveau, je fus frappé de l'impression incomparable que produisaient sur moi sa beauté, ses yeux charmants et tendres, et du sentiment d'un lien très étroit.

« Nous demeurâmes quelques instants côte à côte, puis nous allâmes au foyer.

« "Vous avez maigri, me dit-elle. Vous avez été malade ?

« — Oui, un refroidissement à l'épaule. Et lorsque le temps est à la pluie, je dors mal.

« — Vous semblez sans ressort. Ce printemps, quand vous êtes venu déjeuner à la maison, vous étiez plus jeune, plus vaillant. Vous étiez inspiré, vous parliez beaucoup, vous étiez séduisant et, je l'avoue, je me suis même un peu sentie attirée vers vous. Je ne sais pourquoi, j'ai souvent pensé à vous, et aujourd'hui, en me préparant à aller au théâtre, il me semblait que je vous y verrais."

« Et elle se mit à rire.

« "Mais aujourd'hui vous semblez sans ressort, répéta-t-elle. Cela vous vieillit."

« Le lendemain je déjeunai chez les Louganovitch ; ils se rendirent ensuite dans leur maison de campagne afin de donner des ordres pour l'hiver et je les y accompagnai. Je revins en ville avec eux et à minuit je prenais le thé dans le cadre paisible de leur foyer, tandis que l'âtre flamboyait et que la jeune mère allait de temps à autre voir si sa petite fille dormait. Après quoi, chaque fois que je me rendis en ville, je ne manquai jamais de passer chez eux. Ils s'habituèrent à moi et moi à eux. D'ordinaire j'entrais sans me faire annoncer, comme un intime.

« "Qui est-ce ? faisait du fond de l'appartement la voix traînante qui me paraissait si belle.

« — M. Aliokhine", répondait la femme de chambre ou la nourrice.

« Anna Louganovitch venait à moi, le visage soucieux, et me demandait à chaque fois :

« "Pourquoi êtes-vous resté si longtemps sans venir ? Il vous est arrivé quelque chose ?"

« Son regard, la main élégante, racée, qu'elle me tendait, sa robe d'intérieur, sa coiffure, sa voix, ses pas, me donnaient chaque fois l'impression que quelque chose de neuf, d'extraordinaire et d'important s'était produit dans ma vie. Nous connaissions de longues causeries et de longs silences, chacun plongé dans ses pensées, ou bien elle jouait du piano. S'il n'y avait personne à la maison, je restais et attendais, bavardais avec la nourrice, jouais avec l'enfant ou bien je m'installais sur le sofa du bureau, lisais le journal et quand elle rentrait, j'allais au-devant d'elle dans le vestibule, la débarrassais de ses achats que je portais toujours avec le même amour et le même air de gamin triomphant.

« Il y a un dicton qui dit : ma femme n'avait pas de soucis, il a fallu qu'elle s'achète un goret. Les Louganovitch n'avaient pas de soucis, il a fallu qu'ils se lient d'amitié avec moi. Si je restais longtemps sans aller en ville, cela voulait dire que j'étais malade ou qu'il m'était arrivé quelque chose, et tous deux s'inquiétaient fort. Ils s'inquiétaient de voir que moi, un homme instruit, connaissant les langues étrangères, au lieu de m'occuper de travaux scientifiques ou littéraires, je vivais à la campagne, me démenais comme un écureuil dans sa cage, travaillais beaucoup et n'avais jamais le sou. Il leur semblait que je souffrais et que si je parlais, si je riais, si je mangeais, c'était uniquement pour dissimuler mes souffrances et même dans mes instants de gaieté, quand cela allait bien, je sentais sur moi leurs regards scrutateurs. Ils étaient particulièrement touchants lorsque j'avais effectivement des difficultés, qu'un créancier me talonnait ou qu'il me manquait de l'argent pour faire face à une échéance ; le mari et la femme chuchotaient près de la fenêtre, puis il s'approchait de moi et me disait d'un air grave :

« "Si vous êtes à court d'argent, ma femme et moi nous vous prions de nous le dire sans vous gêner et d'accepter le nôtre."

« Et ses oreilles rougissaient sous l'effet de l'émotion. Il arrivait aussi qu'après avoir chuchoté près de la fenêtre il venait à moi, les oreilles rouges, et me disait :

« "Ma femme et moi nous vous prions instamment d'accepter ce cadeau." »

« Et il me présentait des boutons de manchettes, un porte-cigarettes ou une lampe ; en retour, je leur envoyais de la campagne du gibier, du beurre ou des fleurs. Soit dit en passant, ils avaient tous deux de la fortune. Au début, j'empruntais souvent et, n'ayant guère le choix, j'empruntais à qui je pouvais, mais pour rien au monde je n'eusse emprunté aux Louganovitch. Mais à quoi bon parler de ça !

« J'étais malheureux. Chez moi, aux champs, dans la grange, je pensais à elle, j'essayais de comprendre le mystère de cette femme jeune, belle, intelligente, mariée à un homme médiocre, presque un vieux (il avait plus de quarante ans), dont elle avait des enfants, et celui de cet homme sans intérêt, bonne pâte, benêt, qui raisonnait avec un bon sens si insipide, qui, au bal ou dans les soirées, se joignait au cercle des gens graves, invité terne, inutile, à l'air soumis, indifférent, comme si on l'avait amené là pour le vendre, qui croyait pourtant à son droit d'être heureux, d'avoir des enfants de cette femme ; et j'essayais toujours de comprendre pourquoi c'était lui, et non moi, qu'elle avait rencontré et pourquoi il avait fallu que se produisît dans notre existence une si terrible méprise.

« Chaque fois que j'arrivais en ville je voyais à ses yeux qu'elle m'attendait ; et elle m'avouait elle-même que dès le matin elle avait ressenti une impression particulière et qu'elle devinait que je viendrais. Nous connaissions de longues causeries et de longs silences, mais nous ne nous avouions pas notre amour, nous le cachions craintivement, jalousement. Nous avions peur de tout ce qui aurait pu nous révéler notre secret à nous-mêmes. Je l'aimais tendrement, profondément, mais je raisonnais, je me demandais où pourrait nous mener notre amour, et si nous aurions la force de lutter contre lui ; il me semblait incroyable que cet amour paisible, mélancolique, qui était le mien, pût soudain rompre brutalement le cours heureux de la vie de son mari, de ses enfants, de toute cette maison où l'on m'aimait tant et où l'on avait tant confiance en moi. Était-ce honnête ? Elle m'aurait suivi, mais où ? Où aurais-je pu l'emmener ? C'eût été autre chose si j'avais eu une vie bien faite, intéressante, si par exemple j'avais lutté pour la libération de mon pays, si j'avais été un savant, un artiste, un peintre illustre, mais je l'aurais sortie d'une vie identique ou encore plus banale. Et combien de temps aurait duré notre bonheur ? Que serait-il advenu d'elle si j'étais tombé malade, si j'étais mort ou si, simplement, nous avions cessé de nous aimer ?

« Elle raisonnait sans doute de même. Elle pensait à son mari, à ses enfants, à sa mère, qui aimait son gendre comme un fils. Si elle avait cédé à son sentiment, il lui aurait fallu mentir ou tout avouer et, dans sa situation, l'un et l'autre aurait été pareillement affreux et malaisé. Une autre question la tourmentait : son amour m'apporterait-il le bonheur, ne compliquerait-elle pas ma vie, déjà difficile, lourde de malheurs de toutes sortes ? Il lui semblait qu'elle n'était plus assez jeune pour moi, pas assez travailleuse et énergique pour commencer une vie nouvelle, et elle disait souvent, en même temps que son mari, que je devrais épouser une jeune fille intelligente, digne, qui fût une bonne maîtresse de maison, une aide, et elle ajoutait aussitôt qu'on aurait du mal à en trouver une pareille dans toute la ville.

« Entre-temps les années passaient. Anna avait déjà deux enfants. Quand j'arrivais chez les Louganovitch, les domestiques me souriaient aimablement, les enfants criaient que tonton

Pavel était là et se pendaient à mon cou ; tout le monde se réjouissait. Ils ne comprenaient pas ce qui se passait dans mon cœur et pensaient que moi aussi, j'étais content. Tout le monde voyait en moi une noble nature. Grands et petits avaient le sentiment de voir aller et venir dans la pièce une noble nature, ce qui mettait dans nos relations un charme particulier comme si ma présence avait rendu leur vie plus pure et plus belle. Anna et moi, nous allions ensemble au théâtre, toujours à pied ; nous occupions deux fauteuils voisins, nos épaules se touchaient, je lui prenais, sans rien dire, les jumelles des mains et, à ces moments-là, je sentais qu'elle m'était liée, qu'elle était mienne, que nous ne pouvions vivre l'un sans l'autre, mais, par suite d'un étrange malentendu, chaque fois que nous sortions du théâtre, nous nous disions au revoir et nous nous séparions comme des étrangers. En ville on racontait déjà Dieu sait quoi sur notre compte, mais, dans tout cela, il n'y avait pas un mot de vrai.

« Depuis quelques années, elle allait de plus en plus fréquemment tantôt chez sa mère, tantôt chez sa sœur ; il lui arrivait souvent d'être de mauvaise humeur, elle prenait conscience d'être insatisfaite, d'avoir gâché sa vie, et alors, elle ne voulait voir ni son mari ni ses enfants. On la soignait à présent pour une maladie de nerfs.

« Nous continuions à ne rien dire et, devant

les étrangers, elle éprouvait à mon encontre une sorte d'irritation bizarre ; quoi que je dise, elle était d'un avis différent, et si je discutais, elle prenait le parti de mon adversaire. Lorsque je laissais tomber quelque chose, elle disait froidement :

« "Mes compliments."

« Si, l'accompagnant au théâtre, j'oubliais les jumelles, elle disait :

« "Je savais que vous les oublieriez."

« Heureusement ou malheureusement, il n'est rien dans la vie qui ne finisse tôt ou tard. Le temps de la séparation arriva quand Louganovitch fut nommé président dans une province de l'Oural. Il fallut vendre mobilier, chevaux, maison de campagne. Quand nous nous y rendîmes une dernière fois et qu'au retour, nous nous retournâmes pour jeter un ultime regard sur le jardin, le toit vert, nous étions tout tristes et je compris que le temps était arrivé de dire adieu à d'autres choses encore que la maison de campagne. Il fut décidé que nous accompagnerions à la gare, à la fin d'août, Anna qui partait pour la Crimée sur l'ordre de ses médecins, et que son mari partirait peu après, en compagnie de ses enfants, pour sa province de l'Ouest.

« Nous fûmes très nombreux à accompagner Anna. Alors qu'elle avait déjà dit au revoir à son mari et à ses enfants et qu'il restait à peine un instant avant la troisième sonnerie, je bondis dans son compartiment pour mettre dans le filet un panier qu'elle avait failli oublier ; et il fallut lui dire adieu. Lorsque nos regards se rencontrèrent, nos forces nous abandonnèrent tous deux, je la serrai dans mes bras, elle appuya son visage sur ma poitrine et des larmes coulèrent de ses yeux ; couvrant de baisers son visage, ses épaules, ses mains mouillées de larmes — oh ! que nous étions malheureux ! — je lui avouai mon amour, et je compris, avec une douleur poignante au cœur, combien était vain, mesquin et trompeur tout ce qui nous avait empêchés de nous aimer. Je compris que lorsqu'on aime, il faut, si l'on veut raisonner sur son amour, partir d'un point de vue plus élevé, plus important que ceux de bonheur ou de malheur, de péché ou de vertu, dans leur acception courante, ou ne pas raisonner du tout.

« Je l'embrassai une dernière fois, lui serrai la main et nous nous séparâmes — pour toujours. Le train était déjà parti. Je m'assis dans le compartiment voisin — il était vide — et j'y restai à pleurer jusqu'à l'arrêt suivant. Puis je rentrai à pied à Sophino... »

Pendant le récit d'Aliokhine la pluie avait cessé et le soleil était apparu. Bourkine et Ivan Ivanytch passèrent sur le balcon d'où il y avait une vue magnifique sur le parc et la rivière qui brillait maintenant au soleil comme un miroir.

Tout en admirant le paysage ils regrettaient que cet homme au regard intelligent et bon, qui leur avait conté son histoire avec tant de sincérité, se démenât effectivement dans cette immense propriété comme un écureuil en cage, ne s'occupât pas de science ou de quelque autre chose qui lui eût rendu la vie plus agréable ; et ils pensaient au chagrin qui devait se lire sur la figure de la jeune dame quand il lui avait dit adieu et lui avait embrassé le visage et les épaules. Tous deux l'avaient quelquefois aperçue en ville, Bourkine la connaissait même et la trouvait belle.

COLLECTION FOLIO 2 €

Dernières parutions

5128. Grégoire Polet — *Petit éloge de la gourmandise*
5129. Paul Verlaine — *L'Obsesseur* précédé d'*Histoires comme ça*
5163. Ryûnosuke Akutagawa — *La vie d'un idiot* précédé d'*Engrenage*
5164. Anonyme — *Saga d'Eiríkr le Rouge* suivi de *Saga des Groenlandais*
5165. Antoine Bello — *Go Ganymède!*
5166. Adelbert von Chamisso — *L'étrange histoire de Peter Schlemihl*
5167. Collectif — *L'art du baiser. Les plus beaux baisers de la littérature*
5168. Guy Goffette — *Les derniers planteurs de fumée*
5169. H. P. Lovecraft — *L'horreur de Dunwich*
5170. Léon Tolstoï — *Le Diable*
5184. Alexandre Dumas — *La main droite du sire de Giac* et autres nouvelles
5185. Edith Wharton — *Le miroir* suivi de *Miss Mary Pask*
5231. Théophile Gautier — *La cafetière* et autres contes fantastiques
5232. Claire Messud — *Les Chasseurs*
5233. Dave Eggers — *Du haut de la montagne, une longue descente*
5234. Gustave Flaubert — *Un parfum à sentir ou Les Baladins* suivi de *Passion et vertu*
5235. Carlos Fuentes — *En bonne compagnie* suivi de *La chatte de ma mère*
5236. Ernest Hemingway — *Une drôle de traversée*
5237. Alona Kimhi — *Journal de Berlin*
5239. Kenzaburô Ôé — *Seventeen*
5240. P. G. Wodehouse — *Une partie mixte à trois* et autres nouvelles du green
5290. Jean-Jacques Bernard — *Petit éloge du cinéma d'aujourd'hui*
5291. Jean-Michel Delacomptée — *Petit éloge des amoureux du silence*

5292. Mathieu Terence — *Petit éloge de la joie*
5293. Vincent Wackenheim — *Petit éloge de la première fois*
5295. Collectif — *Ne nous fâchons pas ! ou l'art de se disputer au théâtre*
5296. Robin Robertson — *Fiasco ! Des écrivains en scène*
5297. Miguel de Unamuno — *Des yeux pour voir* et autres contes
5298. Jules Verne — *Une fantaisie du Docteur Ox*
5299. Robert Charles Wilson — *YFL-500* suivi du *Mariage de la dryade*
5347. Honoré de Balzac — *Philosophie de la vie conjugale*
5348. Thomas De Quincey — *Le bras de la vengeance*
5349. Charles Dickens — *L'Embranchement de Mugby*
5351. Marcus Malte — *Mon frère est parti ce matin...*
5352. Vladimir Nabokov — *Natacha* et autres nouvelles
5353. Arthur Conan Doyle — *Un scandale en Bohême* suivi d'*Étoile d'argent. Deux aventures de Sherlock Holmes*
5354. Jean Rouaud — *Préhistoires*
5355. Mario Soldati — *Le père des orphelins*
5356. Oscar Wilde — *Maximes* et autres textes
5415. Franz Bartelt — *Une sainte fille* et autres nouvelles
5416. Mikhaïl Boulgakov — *Morphine*
5417. Guillermo Cabrera Infante — *Coupable d'avoir dansé le cha-cha-cha*
5418. Collectif — *Jouons avec les mots. Jeux littéraires*
5419. Guy de Maupassant — *Contes au fil de l'eau*
5420. Thomas Hardy — *Les intrus de la Maison Haute* précédé d'un autre conte du Wessex
5421. Mohamed Kacimi — *La confession d'Abraham*
5422. Orhan Pamuk — *Mon père* et autres textes
5423. Jonathan Swift — *Modeste proposition* et autres textes
5424. Sylvain Tesson — *L'éternel retour*
5462. Lewis Carroll — *Misch-masch* et autres textes de jeunesse
5463. Collectif — *Un voyage érotique. Invitations à l'amour dans la littérature du monde entier*
5465. William Faulkner — *Coucher de soleil* et autres Croquis de La Nouvelle-Orléans

5466. Jack Kerouac — *Sur les origines d'une génération* suivi de *Le dernier mot*
5467. Liu Xinwu — *La Cendrillon du canal* suivi de *Poisson à face humaine*
5468. Patrick Pécherot — *Petit éloge des coins de rue*
5469. George Sand — *Le château de Pictordu*
5471. Martin Winckler — *Petit éloge des séries télé*
5526. Jacques Ellul — *« Je suis sincère avec moi-même »* et autres lieux communs
5527. Liu An — *Du monde des hommes. De l'art de vivre parmi ses semblables*
5531. Jacques de Voragine — *La Légende dorée. Vie et mort de saintes illustres*
5532. Grimm — *Hänsel et Gretel* et autres contes
5590. Anonyme — *Le brahmane et le pot de farine. Contes édifiants du* Pañcatantra
5592. Xun zi — *Traité sur le Ciel* et autres textes
5606. Collectif — *Un oui pour la vie ? Le mariage en littérature*
5607. Éric Fottorino — *Petit éloge du Tour de France*
5608. E. T. A. Hoffmann — *Ignace Denner*
5609. Frédéric Martinez — *Petit éloge des vacances*
5610. Sylvia Plath — *Dimanche chez les Minton* et autres nouvelles
5611. Lucien — *« Sur des aventures que je n'ai pas eues ». Histoire véritable*
5631. Boccace — *Le Décaméron. Première journée*
5632. Isaac Babel — *Une soirée chez l'impératrice* et autres récits
5633. Saul Bellow — *Un futur père* et autres nouvelles
5634. Belinda Cannone — *Petit éloge du désir*
5635. Collectif — *Faites vos jeux ! Les jeux en littérature*
5636. Collectif — *Jouons encore avec les mots. Nouveaux jeux littéraires*
5637. Denis Diderot — *Sur les femmes* et autres textes
5638. Elsa Marpeau — *Petit éloge des brunes*
5639. Edgar Allan Poe — *Le sphinx* et autres contes
5640. Virginia Woolf — *Le quatuor à cordes* et autres nouvelles

5714. Guillaume Apollinaire — *« Mon cher petit Lou ». Lettres à Lou*
5715. Jorge Luis Borges — *Le Sud* et autres fictions
5717. Chamfort — *Maximes* suivi de *Pensées morales*
5718. Ariane Charton — *Petit éloge de l'héroïsme*
5719. Collectif — *Le goût du zen. Recueil de propos et d'anecdotes*
5720. Collectif — *À vos marques ! Nouvelles sportives*
5721. Olympe de Gouges — *Déclaration des droits de la femme et de la citoyenne* et autres écrits *« Femme, réveille-toi ! »*
5722. Tristan Garcia — *Le saut de Malmö* et autres nouvelles
5723. Silvina Ocampo — *La musique de la pluie* et autres nouvelles
5760. Leonardo Sciascia — *La tante d'Amérique*
5761. Prosper Mérimée — *La perle de Tolède* et autres nouvelles
5762. Amos Oz — *Chanter* et autres nouvelles
5794. James Joyce — *Un petit nuage* et autres nouvelles
5795. Blaise Cendrars — *L'Amiral*
5797. Ueda Akinari — *La maison dans les roseaux* et autres contes
5798. Alexandre Pouchkine — *Le coup de pistolet* et autres récits de feu Ivan Pétrovitch Bielkine
5818. Mohammed Aïssaoui — *Petit éloge des souvenirs*
5819. Ingrid Astier — *Petit éloge de la nuit*
5820. Denis Grozdanovitch — *Petit éloge du temps comme il va*
5821. Akira Mizubayashi — *Petit éloge de l'errance*
5835. Francis Scott Fitzgerald — *Bernice se coiffe à la garçonne* précédé du *Pirate de la côte*
5837. Montesquieu — *Plaisirs et bonheur* et autres *Pensées*
5838. Ihara Saikaku — *Histoire du tonnelier tombé amoureux* suivi d'*Histoire de Gengobei*
5839. Tang Zhen — *Des moyens de la sagesse* et autres textes
5856. Collectif — *C'est la fête ! La littérature en fêtes*
5896. Collectif — *Transports amoureux. Nouvelles ferroviaires*
5897. Alain Damasio — *So phare away* et autres nouvelles
5898. Marc Dugain — *Les vitamines du soleil*
5899. Louis Charles Fougeret de Monbron — *Margot la ravaudeuse*

5900. Henry James *Le fantôme locataire* précédé d'*Histoire singulière de quelques vieux habits*

5901. François Poullain de La Barre *De l'égalité des deux sexes*

5902. Junichirô Tanizaki *Le pied de Fumiko* précédé de *La complainte de la sirène*

5903. Ferdinand von Schirach *Le hérisson* et autres nouvelles

5904. Oscar Wilde *Le millionnaire modèle* et autres contes

5905. Stefan Zweig *Découverte inopinée d'un vrai métier* suivi de *La vieille dette*

5973. Collectif *Pourquoi l'eau de mer est salée* et autres contes de Corée

5974. Honoré de Balzac *Voyage de Paris à Java* suivi d'*Un drame au bord de la mer*

5975. Collectif *Des mots et des lettres. Énigmes et jeux littéraires*

5976. Joseph Kessel *Le paradis du Kilimandjaro* et autres reportages

5977. Jack London *Une odyssée du Grand Nord* précédé du *Silence blanc*

5992. Pef *Petit éloge de la lecture*

5994. Thierry Bourcy *Petit éloge du petit déjeuner*

5995. Italo Calvino *L'oncle aquatique* et autres récits cosmicomics

5996. Gérard de Nerval *Le harem* suivi d'*Histoire du calife Hakem*

5997. Georges Simenon *L'Étoile du Nord* et autres enquêtes de Maigret

5998. William Styron *Marriott le marine*

5999. Anton Tchékhov *Les groseilliers* et autres nouvelles

6001. P'ou Song-ling *La femme à la veste verte. Contes extraordinaires du Pavillon du Loisir*

6002. H. G. Wells *Le cambriolage d'Hammerpond Park* et autres nouvelles extravagantes

6042. Collectif *Joyeux Noël ! Histoires à lire au pied du sapin*

6083. Anonyme *Saga de Hávardr de l'Ísafjördr. Saga islandaise*

6084. René Barjavel — *Les enfants de l'ombre* et autres nouvelles

6085. Tonino Benacquista — *L'aboyeur* précédé de *L'origine des fonds*

6086. Karen Blixen — *Histoire du petit mousse* et autres contes d'hiver

6087. Truman Capote — *La guitare de diamants* et autres nouvelles

6088. Collectif — *L'art d'aimer. Les plus belles nuits d'amour de la littérature*

6089. Jean-Philippe Jaworski — *Comment Blandin fut perdu* précédé de *Montefellóne. Deux récits du Vieux Royaume*

6090. D.A.F. de Sade — *L'Heureuse Feinte* et autres contes étranges

6091. Voltaire — *Le taureau blanc* et autres contes

6111. Mary Wollstonecraft — *Défense des droits des femmes* (extraits)

6159. Collectif — *Les mots pour le lire. Jeux littéraires*

6160. Théophile Gautier — *La Mille et Deuxième Nuit* et autres contes

6161. Roald Dahl — *À moi la vengeance S.A.R.L.* suivi de *Madame Bixby et le manteau du Colonel*

6162. Scholastique Mukasonga — *La vache du roi Musinga* et autres nouvelles rwandaises

6163. Mark Twain — *À quoi rêvent les garçons. Un apprenti pilote sur le Mississippi*

6178. Oscar Wilde — *Le Pêcheur et son Âme* et autres contes

6179. Nathacha Appanah — *Petit éloge des fantômes*

6180. Arthur Conan Doyle — *La maison vide* précédé du *Dernier problème. Deux aventures de Sherlock Holmes*

6181. Sylvain Tesson — *Le téléphérique* et autres nouvelles

6182. Léon Tolstoï — *Le cheval* suivi d'*Albert*

6183. Voisenon — *Le sultan Misapouf et la princesse Grisemine*

6184. Stefan Zweig — *Était-ce lui ?* précédé d'*Un homme qu'on n'oublie pas*

6210. Collectif — *Paris sera toujours une fête. Les plus grands auteurs célèbrent notre capitale*

6211. André Malraux	*Malraux face aux jeunes. Mai 68, avant, après. Entretiens inédits*
6241. Anton Tchékhov	*Les méfaits du tabac* et autres pièces en un acte
6242. Marcel Proust	*Journées de lecture*
6243. Franz Kafka	*Le Verdict – À la colonie pénitentiaire*
6245. Joseph Conrad	*L'associé*
6246. Jules Barbey d'Aurevilly	*La Vengeance d'une femme* précédé du *Dessous de cartes d'une partie de whist*
6285. Jules Michelet	*Jeanne d'Arc*
6286. Collectif	*Les écrivains engagent le débat. De Mirabeau à Malraux, 12 discours d'hommes de lettres à l'Assemblée nationale*
6319. Emmanuel Bove	*Bécon-les-Bruyères* suivi du *Retour de l'enfant*
6320. Dashiell Hammett	*Tulip*
6321. Stendhal	*L'abbesse de Castro*
6322. Marie-Catherine Hecquet	*Histoire d'une jeune fille sauvage trouvée dans les bois à l'âge de dix ans*
6323. Gustave Flaubert	*Le Dictionnaire des idées reçues*
6324. F. Scott Fitzgerald	*Le réconciliateur* suivi de *Gretchen au bois dormant*
6358. Sébastien Raizer	*Petit éloge du zen*
6359. Pef	*Petit éloge de lecteurs*
6360. Marcel Aymé	*Traversée de Paris*
6361. Virginia Woolf	*En compagnie de Mrs Dalloway*
6362. Fédor Dostoïevski	*Un petit héros*
6395. Truman Capote	*New York, Haïti, Tanger* et autres lieux
6396. Jim Harrison	*La fille du fermier*
6412. Léon-Paul Fargue	*Mon quartier* et autres lieux parisiens
6413. Washington Irving	*La Légende de Sleepy Hollow*
6414. Henry James	*Le Motif dans le tapis*
6415. Marivaux	*Arlequin poli par l'amour* et autres pièces en un acte
6417. Vivant Denon	*Point de lendemain*
6418. Stefan Zweig	*Brûlant secret*

6459. Simone de Beauvoir	*L'âge de discrétion*
6460. Charles Dickens	*À lire au crépuscule* et autres histoires de fantômes
6493. Jean-Jacques Rousseau	*Lettres sur la botanique*
6494. Giovanni Verga	*La Louve* et autres récits de Sicile
6495. Raymond Chandler	*Déniche la fille*
6496. Jack London	*Une femme de cran* et autres nouvelles
6528. Michel Déon	*Un citron de Limone* suivi d'*Oublie…*
6530. François Garde	*Petit éloge de l'outre-mer*
6531. Didier Pourquery	*Petit éloge du jazz*
6532. Patti Smith	*« Rien que des gamins »*
6546. Barack Obama	*Discours choisis*
6563. Jean Giono	*Refus d'obéissance*
6564. Ivan Tourguéniev	*Les Eaux tranquilles*
6566. Collectif	*Déclaration universelle des droits de l'homme*
6567. Collectif	*Bonne année ! 10 réveillons littéraires*
6579. Honoré de Balzac	*La Vendetta*
6580. Antoine Bello	*Manikin 100*
6581. Ian McEwan	*Mon roman pourpre aux pages parfumées* et autres nouvelles
6582. Irène Némirovsky	*Film parlé*
6618. Chimamanda Ngozi Adichie	*Le tremblement* précédé de *Lundi de la semaine dernière*
6619. Elsa Triolet	*Le destin personnel* suivi de *La belle épicière*
6650. Collectif	*Tous végétariens ! D'Ovide à Ginsberg, petit précis de littérature végétarienne*
6651. Hans Fallada	*Voyous, truands et autres voleurs*
6652. Marina Tsvétaïéva	*La tempête de neige – Une aventure. 2 pièces romantiques*
6653. Émile Zola	*Le Paradis des chats* et autres textes
6693. Corinne Atlan	*Petit éloge des brumes*
6694. Ludmila Oulitskaïa	*La soupe d'orge perlé* et autres nouvelles
6695. Stefan Zweig	*Les Deux Sœurs* précédé d'*Une histoire au crépuscule*
6727. Marcel Proust	*Vacances de Pâques* et autres chroniques

6728. Jane Austen — *Amour et amitié*
6742. Marguerite Yourcenar — *Les Songes et les Sorts*
6743. Les sœurs Brontë — *Autolouange* et autres poèmes
6744. F. Scott Fitzgerald — *Le diamant gros comme le Ritz*
6745. Nicolas Gogol — *2 nouvelles de Pétersbourg*
6746. Eugène Dabit — *Fauteuils réservés* et autres contes
6778. Annie Ernaux — *Hôtel Casanova* et autres textes brefs
6779. Victor Hugo — *Les Fleurs*
6798. Chimamanda Ngozi Adichie — *Nous sommes tous des féministes* suivi du *Danger de l'histoire unique*
6812. Ray Bradbury — *La fusée* et autres nouvelles
6813. Albert Cossery — *Les affamés ne rêvent que de pain* précédé de *Danger de la fantaisie*
6814. Georges Rodenbach — *Bruges-la-Morte*
6863. Zéno Bianu — *Petit éloge du bleu*
6876. Kazuo Ishiguro — *2 nouvelles musicales*
6888. Ovide — *Pénélope à Ulysse* et autres lettres d'amour de grandes héroïnes antiques
6889. Louis Pergaud — *La tragique aventure de Goupil* et autres contes animaliers
6890. Rainer Maria Rilke — *Notes sur la mélodie des choses* et autres textes
6917. Charles Baudelaire — *De l'essence du rire* et autres textes
6918. Marguerite Duras — *Madame Dodin*
6919. Madame de Genlis — *Mademoiselle de Clermont*
6945. Cesare Pavese — *La plage*
6946. Rabindranath Tagore — *À quatre voix*
6983. Jean-Pierre Siméon — *Petit éloge de la poésie*
6985. Belinda Cannone — *Petit éloge de l'embrassement*
7011. Collectif — *Écrire Marseille. 15 grands auteurs célèbrent la cité phocéenne*
7012. Fédor Dostoïevski — *Les Nuits blanches*
7026. George Orwell — *Pourquoi j'écris* et autres textes politiques
7027. Ivan Tourguéniev — *Le Journal d'un homme de trop*

Tous les papiers utilisés pour les ouvrages des collections Folio sont certifiés et proviennent de forêts gérées durablement.

Composition Nord Compo
Impression Novoprint
à Barcelone, le 29 avril 2022
Dépôt légal : avril 2022
1er dépôt légal dans la collection : décembre 2008

ISBN 978-2-07-035974-5 / Imprimé en Espagne

543429